VIDA CRÔNICA

Ana
Miranda

Anton
Tchekhov

Arthur
Conan Doyle

Drauzio
Varella

Machado
de Assis

Moacyr
Scliar

Ricardo
Gouveia

William
Carlos
Williams

Paulo
Bloise

Heloisa
Prieto
Organizadores

Flávio Mário
Ilustrador

VIDA CRÔNICA

ANTOLOGIA DE CONTOS

Cia. das Letras

Títulos originais dos contos traduzidos
"The Use of Force" © by William Carlos Williams, "ΔOKTOP", de Anton Tchekhov, e "The Case of Lady Sannox" de Arthur Conan Doyle

Capa
João Baptista da Costa Aguiar

Preparação
Bruno Zeni

Revisão
Cláudia Cantarin
Renato Potenza Rodrigues

Os personagens e as situações desta obra são reais apenas no universo da ficção; não se referem a pessoas e fatos concretos, e sobre eles não emitem opinião.

Dados Internacionais de Catalogação na Publicação (CIP)
(Câmara Brasileira do Livro, SP, Brasil)

Vida crônica : antologia de contos / organização Paulo Bloise e Heloisa Prieto ; ilustrações Flávio Mário Gelli. — São Paulo : Companhia das Letras, 2005.

Vários autores
ISBN 85-359-0657-6

1. Contos brasileiros I. Bloise, Paulo. II. Prieto, Heloisa. III. Gelli, Flávio Mário

05-3058 CDD-869.93

Índice para catálogo sistemático:
1. Contos : Literatura brasileira 869.93

2005

Todos os direitos desta edição reservados à
EDITORA SCHWARCZ LTDA.
Rua Bandeira Paulista 702 cj. 32
04532-002 — São Paulo — SP
Telefone (11) 3707-3500
Fax (11) 3707-3501
www.companhiadasletras.com.br

A vida é crônica.
Paulo Leminski

SUMÁRIO

Apresentação — Poesia terminal, 9
HELOISA PRIETO

Trepanação, 15
ANA MIRANDA

Amor de mãe, 25
DRAUZIO VARELLA

À força, 31
WILLIAM CARLOS WILLIAMS

Espiral do mal, 39
PAULO BLOISE

Rápido, rápido, 51
MOACYR SCLIAR

Fora de controle, 67
RICARDO GOUVEIA

O doutor, 81
ANTON TCHEKHOV

O caso de Lady Sannox, 91
ARTHUR CONAN DOYLE

O enfermeiro, 109
MACHADO DE ASSIS

Sobre os autores, organizadores e tradutores, 123

Apresentação

POESIA TERMINAL

Heloisa Prieto

O médico e o escritor, seja Rabelais ou o dr. Oliver Wendell Holmes, têm como características comuns o conhecimento do ser humano, a capacidade de diagnosticar sua fragilidade ou sua força e o humor suficiente para preservar a própria sanidade.

Bradley, Beatty, Long, Perkins*

Durante minha infância, marcada pela leitura constante, um médico me ensinaria a importância de "ler" a fisionomia, o caminhar, a respiração, para compreender o outro. Ele se chamava dr. Agostinho Bruno, era nosso vizinho, e me lembro nitidamente de quando avistei seus sapatos brancos, escondida debaixo da cama, tentando fugir de uma temível injeção, lá pelos sete anos de idade. Lembro-me também de sua voz confiante, a voz que me transmitiu coragem para enfrentar um tratamento que implicava tudo o que eu mais detestava: repouso, remédios e a famosa injeção.

Clínico geral, o dr. Bruno era rápido e certeiro no diagnóstico, coisa que fascinava meu pai. E eu costumava ouvir as conversas de ambos, nas quais "tio" Bru-

* Bradley, Beatty, Long, Perkins, *The American Tradition in Literature*, Nova York, Norton, 1976.

no tentava explicar como percebera as nuanças e os detalhes de uma certa moléstia, ou o temperamento do paciente, as doenças imaginárias de minhas tias-avós, o perigo real de um choque anafilático num parente alérgico a penicilina. Escutá-lo era instigante porque, além das explicações técnicas, havia em sua fala um conhecimento profundo da natureza humana e de suas idiossincrasias.

Recentemente, ao ouvir Paulo Bloise contar sobre suas primeiras experiências como psiquiatra, essas lembranças voltaram à tona e começamos a conversar sobre a prática da medicina ao longo dos tempos, sobre os médicos que se tornaram escritores. Percebemos que a lista era imensa, passando por figuras como Alexandre Dumas filho e sua adorável *Dama das camélias* ou nosso amado Guimarães Rosa, colhendo histórias magníficas no interior mineiro.

Foi justamente para homenagear esses habitantes do território comum à medicina e à literatura que é o sofrimento humano, como bem definem as palavras de Moacyr Scliar, que decidimos organizar esta antologia. Mesclando textos clássicos e contemporâneos e ficção científica, nosso objetivo era criar uma espécie de "reflexão narrativa" sobre duas práticas milenares: a arte da cura e a arte de contar histórias.

Prazer, dor e mistério na visão de médicos e pacientes constituem os fios condutores dos contos selecionados. Quantas sutilezas permeiam a troca que se estabelece durante uma consulta? Qual a natureza do pacto firmado entre médico e paciente? Esta é a dúvida que assombra a jovem narradora de Ana Miranda, inquietude também presente no breve relacionamento entre um médico e sua pequena paciente no conto do médico e escritor norte-americano William Carlos Williams.

Fraternidade e compaixão desafiam a desesperança quando os males físicos e mentais se impõem no contexto de prisões e sanatórios. O Carandiru infernal humanizado pelo olhar sensível de Drauzio Varella, o sanatório labiríntico, angustiante, na visão do jovem e perplexo psiquiatra protagonista do conto de Paulo Bloise. E o que fazer quando só nos restam vinte e quatro horas? Esta última indagação é a premissa básica do conto de Moacyr Scliar, compondo, com os outros autores, um mosaico desse universo oculto tão renegado durante os afazeres de nossas vidas. Pois, dentro do espaço de um hospital, vários "tempos" coexistem, enredando diferentes histórias de modo bastante peculiar. Corredores, ambulâncias, salas de espera, abrigam toda uma combinatória de eventos e personagens que abrange desde pacientes inesquecíveis, enfermeiras e decisões de vida ou morte até a sensação de vitória ou impotência que toma os médicos e suas equipes.

Como fator comum aos textos selecionados está a condição humana, seus flagelos e sua plenitude, às vezes encarada com muita ironia, como no texto de Machado de Assis, outras com humor e ousadia, como no divertido conto de Ricardo Gouveia. Médicos são seres humanos, tão ignorantes acerca dos mistérios existenciais quanto todos nós, e para lembrar-nos de sua fragilidade, nada melhor que as histórias emocionantes de Anton Tchekhov e Sir Arthur Conan Doyle.

Referindo-se à prática da medicina, o poeta e médico William Carlos Williams elaborou uma inspirada analogia entre a prática da medicina e a linguagem literária:

"Quando uma garota vem até mim sôfrega, cambaleante, de camisola, carregando um bebê, e me pede que a proteja da própria mãe, ou quando vejo um homem que perdeu a sanidade, é como se todos esses pacientes me dissessem a mesma coisa. E então um novo significado começa a intervir. E sob a linguagem que ouvimos a vida inteira, um idioma mais profundo, infiltrando-se na dialética, se oferece. É aquilo que chamam poesia. Essa é a fase terminal."*

* William Carlos Williams, *in*: Robert Coles (org.), *The Doctor Stories*. Nova York, New Directions Books, 1963.

TREPANAÇÃO

Ana Miranda

Boa noite, cérebro, amanhã vou pela primeira vez ao médico ginecologista e estou morrendo de medo, apavorada, primeiro porque eu não gosto de médico ginecologista, preferia uma médica, mas a mamãe prefere ele, porque ele é médico ginecologista da mamãe faz anos e anos, segundo porque eu sei que ele vai me olhar por dentro, e logo por *onde* ele vai me olhar! tenho tanta vergonha que sou capaz de na hora desmaiar, fico achando que ele vai encontrar dentro de mim um monte de formigas, ou uma coleção de borrachas de apagar, sei lá o que mais, e terceiro porque ele vai descobrir que eu não sou virgem e vai contar para a mamãe e ela vai ficar vermelha e me olhar com aquela cara de quem acabou de levar uma pancada na cabeça, claro que a mamãe sabe que eu não sou mais virgem, ou deveria saber, ou parece que finge que sabe, mas essas coisas quando viram realidade eu sei o que acontece, a mamãe me deixa trancada no quarto, o papai me corta a mesada e a televisão e o computador, eles sabem que é o pior castigo para mim, ficar trancada no quarto nem tanto, mas sem poder ligar o computador e a televisão e sem atender ao telefone, claro que quando eles saem para o trabalho eu tranco a porta, digo para a dona Josefa que vou dormir e ligo a televisão sem som e o computador e fico conversando com o Vi pelo ICQ e só desligo quando ouço o barulho do carro da mamãe chegando em casa, e finjo que passei a tarde estudando, ela me olha com uma cara de pena... e eu fico morrendo de pena dela, e me achando a pior filha do mundo, Amanhã vamos, então, ao médico ginecologista, ela disse, me olhando com uma pena... mas um pouco de orgulho, a filha está mulher, e um pouco de temor, no fundo ela sabe o que vai acontecer, amanhã às quatro, ela disse, e de noite tive um sonho horrível, um pesadelo, o médico ginecologista me abria e puxava de dentro de mim um monte de coisas estranhas, as fotos rasgadas do Vi, flores com sonífero, um sapato azul, aquela blusa com um coração dourado que eu vi numa loja e não pude comprar, a poesia que eu escrevi sobre a estrela-dama-da-noite, o caderno de sonhos que eu perdi, o meu urso velho, a bronca que a mamãe me deu sem eu ter feito nada de errado... acho que tive esse sonho porque na aula de ciências na escola eu vi um livro de medicina, no livro havia o plano geral do corpo humano, o corpo humano com todas as suas partes, eu virava as páginas transparentes, desde a pele até chegar nos ossos do esqueleto, passando pelos músculos, pelo sistema nervoso, pelos órgãos que ficam nos espaços, coração, pulmões, fígado, rins, útero... até que os desenhos eram bonitos, fiquei impressionada com tanta coisa dentro de nós, e o que cada uma dessas coisas precisa fazer, o coração precisa bombear o sangue pelo corpo todo, o esqueleto precisa sustentar e proteger e é todo feito para se articular, os mais de quinhentos grandes e milhares de pequenos músculos precisam manter o coração bombeando e o pulmão respirando e o intestino funcionando e os olhos piscando e tudo trabalhando, e nos movimentamos usando os músculos, a pele abriga a ponta dos nervos que nos dão as sensações de tato e de calor e de frio e ajuda na eliminação dos desperdícios e regula a temperatura do corpo, o estômago precisa transformar a comida em líquido, o intestino termina de separar tudo e digerir, ah quanto trabalho, estou cansada só de pensar, em casa eu fui me olhar no espelho quando mudava de roupa e vi o meu corpo de uma maneira diferente, como se finalmente ele existisse, mas fiquei com agonia porque de repente vi o meu corpo por dentro, como se eu passasse as páginas transparentes, tirava a minha pele, depois a pele de baixo, depois os músculos, os músculos de baixo, os feixes de nervos, depois tirei os órgãos todos, ficou só o esqueleto de mais de duzentos ossos, e eu me imaginei um esqueleto com aquele sorriso, morro de medo daquele sorriso de esqueleto, mas o que me dá mais medo é o cérebro porque ele guarda os meus mistérios, os meus segredos, os meus pensamentos... os meus segredos... gosto de

Café-da-manhã à tarde
Passar a noite acordada
Curiosidades que ninguém sabe
Livros espalhados na cama
Seis travesseiros
Tatuagem
Músculo, coração
Telefone colorido quando ele toca
O cheiro da dama-da-noite na casa do Lu

Comprar coisinhas brilhantes
Estrelas artificiais
Sapato bem alto só para encher a sapateira e olhar
Beijo na boca
Tirar a sorte abrindo um livro de poesia
Independência ou morte
Comer o que tiver vontade de comer

E não gosto de
Vulcão, rato, aranha escondida na roupa, mosca
Letra garranchosa, dor de dente, legume, mingau, fumaça de cigarro
Obrigação
Não ter carro
Não ter dezoito anos, quando tudo vai mudar
Meninos que seguram a minha mão sem pedir licença
Dizerem que o meu quarto está uma bagunça
Caldo de rim de lhama e extrato de inseto
Física, química, fantasma, prova, esqueleto, fígado
Caderno todo certinho
Festa de quinze anos
Espelho

... abri a boca e vi a minha língua e é tão estranho precisar da língua para falar e para sentir o gosto das coisas, e olhei as minhas mãos, abri e fechei as mãos, olhei os meus peitos e ali no meio vi um coraçãozinho vermelho, pulsando, antigamente acreditavam que o coração era o centro do corpo, ali eles achavam que estavam os sentimentos e os pensamentos e tudo partia do coração, além disso não se fazia a menor idéia de que os ratos espalhavam peste pelas aldeias e que as águas podiam levar germes para todo lado, li uma vez num livro de curiosidades que os romanos morriam aos vinte anos e não se sabia por que mas depois descobriram que era porque eles bebiam vinho em copos feitos de mercúrio e mercúrio intoxica, e antigamente, li tantas histórias assim no livro de medicina, se você sentia dor de dente eles arrancavam o seu dente com um boticão, sem anestesia, e se você tinha sono demais rapavam a sua cabeça e batiam nela um ramo de urtiga brava até você acordar e você acordava com a cabeça toda ferida e coçando, e se você tinha uma ferida eles estancavam o sangue com teias de aranha, e se você tinha uma doença nos olhos eles esfregavam o seu globo ocular até sangrar e depois punham uma seiva de legume, para problema de pele eles usavam barro, se você cortava o lábio eles o costuravam com cabelo humano, para picada de abelha usavam cataplasma de ninho de abelha e ferrões, a gengiva com problema era furada com um bico de pica-pau, a tatuagem de índios na América do Norte era remédio contra dor de cabeça e dor de dentes e contra reumatismo, para um doente possuído de um espírito davam mingau e passavam o mingau no seu corpo enquanto ele aspirava uma fumaça de pó queimado e escutava música, para dor de ouvido os incas jogavam no ouvido caldo de rim de lhama, usavam sangue de condor para doenças nervosas, e sangue de vicunha contra a doença das montanhas, xamãs indígenas tocavam tambor e o doente dizia o nome do espírito mau que o tomava e depois ficava curado tomando banho e bebendo e vomitando sangue de cabra, para a impotência sexual os hindus usavam extrato de inseto, e um dia quando um príncipe hindu bebeu tanto que ficou delirando queimaram a cabeça dele em cinco lugares diferentes, no livro eu li que antigamente os médicos egípcios usavam uma "farmácia imunda": carne podre, gordura rançosa, cera de orelha de porco, cocô de asno, de criança, de avestruz, de mosca, e para espantar os demônios malignos faziam inalações fedorentas, os médicos egípcios preparavam os remédios enquanto diziam frases mágicas, já no tempo muito, muito antigo, abriam a cabeça das pessoas, eu li no livro de medicina, era uma cirurgia chamada trepanação, abriam um buraco no crânio para que os maus espíritos saíssem dali, e acham que eles salvavam algumas pessoas assim pois quando um homem levava uma pancada na cabeça, e eles deviam levar todo dia uma pancada na cabeça, o cérebro inchava e ficava feito uma panela de pressão e a trepanação aliviava isso, e aliviava também a dor de cabeça, cada coisa! tudo isso no livro me divertiu na hora, mas de noite me deu ainda mais medo de ir ao ginecologista, a medicina evoluiu muito, muito mesmo, mas não mudou tanto assim, eles ainda cortam, eles serram, eles costuram o nosso corpo, mas vão descobrir muita coisa, no futuro a operação vai ser feita com a força do pensamento, raio laser, só de imaginar o que o ginecologista vai me fazer eu fico arrepiada de medo, já pensei em estudar medicina, o Vi vai fazer medicina, feito o pai dele, o pai dele é neuro, serra a cabeça das pessoas, sabe fazer as coisas mais incríveis, as mais fininhas, para salvar as pessoas, nem dá para acreditar no que ele tem coragem de fazer, às vezes ele olha para mim como se estivesse pensando em serrar a minha cabeça, e fala da medicina com a maior paixão, mas eu não vou fazer medicina de jeito nenhum, muito menos para ficar trepanando a cabeça das pessoas e descobrindo os espíritos que moram lá dentro, porque eu já sei os espíritos que tenho dentro da minha, o espírito do zero na matemática, o espírito do sonho nua na rua, o da raiva de não poder sair de casa nem fazer tatuagem nem piercing, o do amor pelo Vi, as fotos dele, não sei por que rasguei, acho que foi porque ele fica me controlando, pergunta tudo, quer saber tudo, e eu não gosto de contar nada a não ser o que eu quero contar naquela hora, e, mesmo assim, inventando umas histórias, às vezes eu converso com o meu cérebro, digo para ele, Você não está apaixonado pelo Lu, Você quer fazer sim a minha festa de quinze anos, Você está muito preguiçoso, Você não vai me dizer o que é, mesmo, metáfora? Você está escondendo de mim aquela resposta, Você não tem medo do ginecologista, mas eu estou morrendo de medo, preciso fazer uma trepanação na minha cabeça para o espírito do medo do médico ginecologista desaparecer, dormir, sonhar, aranha, extrato de inseto, panela de pressão, sonífero azul... borracha de apagar... boa noite, cérebro.

AMOR DE MÃE*

Drauzio Varella

* Extraído de *Estação Carandiru*, São Paulo, Companhia das Letras, 1999.

"Cadeia é lugar onde o filho sofre e a mãe não vê."

A noite havia caído. Na sala de consulta, eu louco para ir embora, entrou um altão, forte, devagarinho, as pernas abertas e as mãos amparando os testículos. Precisou de dois enfermeiros para subir na maca.

O rapaz tinha fama de assaltante destemido, ligação com bicheiros, cicatriz no supercílio direito e era encarregado da Faxina no pavilhão Oito, o dos reincidentes. Apresentava um abscesso na bolsa escrotal do tamanho de um pêssego graúdo. A lesão, vermelha como fogo, tinha conteúdo líquido, flutuante; na parte central, a pele estava tão tensa que chegava a brilhar.

"Olha, precisa lancetar para tirar o pus. Vou te encaminhar para o Hospital do Mandaqui."

"Doutor, faz oito dias que eu estou sofrendo. Já me encaminharam para o Mandaqui três vezes, mas faltou viatura. Ontem, depois de eu implorar, no desespero, acabaram me levando, mas nem desci do camburão porque os PMs falaram que ia demorar e eles não eram ama-seca de vagabundo. Não tem condições do senhor lancetar aqui mesmo?"

"O material daqui é precário. Além disso, você não tem noção da dor que dá. É duro agüentar sem anestesia."

Ele esboçou um sorriso:

"Que é isso, doutor, o senhor está falando com um homem que tem quatro balas no corpo. Só no antigo DEIC me penduraram mais de vinte vezes. Já apanhei de cano de ferro duas horas e não entreguei o que os homens queriam. Se é pela dor, já era: é comigo mesmo!"

Sofrimento por sofrimento, pensei, talvez ele tivesse razão. Esses encaminhamentos para hospitais externos eram complicados, pois o regulamento exigia escolta da Polícia Militar, em viaturas nem sempre disponíveis, para evitar fuga ou ataque de quadrilha para resgatar o prisioneiro. Nas filas de hospitais públicos, a demora acabava de azedar o relacionamento com a PM. Assisti a diversas mortes na enfermaria enquanto os doentes aguardavam a transferência.

Do nosso lado, o médico podia enfrentar problemas legais quando um falso doente, encaminhado por ele para atendimento externo, fugia. Comigo aconteceu duas vezes. Numa delas, um ex-mecânico com caquexia associada à AIDS conseguiu tirar a mão esquálida da algema presa ao leito e sumiu. Na outra, Romário, um craqueiro com tuberculose avançada, pulou o alambrado do Hospital Central, situado atrás da Detenção, enquanto os guardas assistiam Brasil versus Alemanha na TV, passou quinze dias na rua fumando crack e voltou preso, para morrer dois meses depois na enfermaria.

Se o doente estava disposto, tudo bem. Na falta de médico-cirurgião, mandei chamar o Lula, responsável por pequenas operações da enfermaria, assaltante de banco, operador prático e personagem de outra história.

Quando Lula chegou com o material, distribuí quatro detentos-enfermeiros em volta da maca, nos braços e pernas do faxina. Com cuidado, levantei o testículo doente e coloquei um chumaço de algodão por baixo. A menor mobilização da região inflamada provocava dor intensa. Chegava a escorrer na fronte do faxina. Tudo pronto, indiquei o local da incisão.

De luvas, Lula, canhoto, com uma lâmina de bisturi entre o indicador e o dedo médio, cortou fundo a pele infiltrada e no mesmo movimento jogou a lâmina na bandeja e espremeu forte, da periferia para o centro da região abscedada. Apertou firme, sem trégua. O pus jorrou amarelo, grosso.

A incisão pareceu indolor. A compressão, no entanto, provocou um urro oriundo das entranhas do faxina. Seu corpo retesou-se como um arco apoiado na cabeça e nos calcanhares. Não fosse a contenção obstinada dos quatro enfermeiros, a maca teria virado. Lula, impassível, no aperto.

O espasmo gutural só terminou quando faltou ar nos pulmões do faxina:

"Ai, pelo amor de Deus, larga... Ai, mamãezinha... Vela eu, mãezinha querida."

Lula, sem dó, permanente, até a secreção amarelada rarear e o sangue tingir o algodão de bordô. Então, soltou e espremeu mais três vezes, bem apertado, para ter certeza do serviço bem-feito. Quando, afinal, largou, o queixo do ladrão tremia feito vara verde. Pálido, lavado de suor, ele continuou obcecado pelo amor filial:

"Ai, mãezinha querida... Ai, minha Nossa Senhora, me ajuda... Vela o teu filho, mãezinha."

Minutos depois, aliviado, o faxina agradeceu, humilde:

"Graças a Deus, melhorou. Deus abençoe vocês. Deus abençoe o senhor, doutor. Deus te proteja, Lula."

Profissional, recolhendo os instrumentos com cara de poucos amigos, Lula interrompeu:

"Chega, deixa Ele em paz agora. Muito Deus na boca de ladrão, não presta!"

Em câmera lenta, o doente desceu da maca e saiu de pernas abertas, capenga pela galeria. Quando a porta fechou, Pedrinho, passando um pano ensaboado na maca, comentou em voz baixa:

"Pô, um bandidaço assim, assaltante de carro-forte, subencarregado de Faxina, implorar pela mamãezinha desse jeito!"

À FORÇA

William Carlos Williams

Eram novos pacientes e deles eu só sabia o nome, Olson. Por favor, venha rápido, minha filha está muito doente.

Quando cheguei, fui recebido pela mãe, uma mulher sobressaltada, elegante e preocupada que disse apenas, o senhor é o doutor? e me convidou a entrar. Ela está lá no fundo, acrescentou. O senhor nos desculpe, doutor, nós a deixamos na cozinha porque é mais quente. Aqui em casa, de vez em quando, há muita umidade.

A criança estava bem agasalhada, sentada no colo do pai, ao lado da mesa da cozinha. Ele tentou levantar-se, mas eu lhe pedi para que não se incomodasse em cumprimentar-me, tirei o casaco e os observei. Eles estavam muito nervosos, olhando-me de cima a baixo, com grande desconfiança. Geralmente, em casos assim, as pessoas não me contam toda a verdade a respeito do que está acontecendo, cabe a mim dizer-lhes; era por isso que gastariam três dólares comigo.

A menina me devorava com os olhos frios, firmes, na face sem nenhuma expressão. Ela não se mexia, ficava quieta, uma criancinha especialmente feia, que parecia forte feito uma bezerrinha desmamada. O rosto, porém, estava avermelhado, a respiração entrecortada, e percebi que ela estava com febre alta. Os cabelos eram magníficos, louros e espessos, como os dessas crianças que aparecem em folhetos de propaganda e nas fotos dos jornais de domingo.

"Ela está febril há três dias", começou a dizer o pai, "e não sabemos como ficou doente. Minha esposa estava lhe dando remédios caseiros, mas eles não adiantaram nada. E há muita gente doente por aí. Então, achamos melhor pedir que o senhor a examinasse e nos dissesse qual é o problema."

Como normalmente fazem os médicos, tentei encontrar um ponto de partida.

"A garganta dela está inflamada?"

Ambos responderam ao mesmo tempo:

"Não, ela diz que a garganta não está doendo."

"Sua garganta está doendo?", perguntou a mãe à filha. Mas a expressão da menina não mudou e ela não desgrudou os olhos do meu rosto.

"Vocês já olharam a garganta?"

"Eu tentei, mas não consegui examiná-la direito", respondeu a mãe.

Como naquele mês estavam surgindo muitos casos de difteria na escola que a menina freqüentava, todos nos preocupávamos com essa possibilidade, mas ninguém tinha coragem de tocar no assunto.

"Bem", eu disse, "acho que primeiro preciso examinar a garganta dela", e dei meu melhor sorriso de médico e lhes perguntei o nome da garotinha, que era Mathilda, e disse a ela: "Mathilda, abra a boca, vamos dar uma olhadinha na sua garganta".

Não teve jeito.

"Ah, vamos lá", insisti. "Abra bem a boca e deixe que eu a examine. Olhe", eu disse, abrindo bem as mãos, "não tenho nada na mão. É só abrir a boca e deixar que eu dê uma olhadinha na sua garganta."

"Ele é um médico tão competente, minha filha", disse a mãe. "Veja como ele está sendo bonzinho com você. Vamos, obedeça. Ele não vai machucar."

Nisso, apertei os dentes de desgosto. Se eles não tivessem usado o verbo "machucar", eu teria uma pequena chance com a menina. Mas não permiti que aquilo me apressasse ou perturbasse, continuei a falar calmamente com a garota e, bem devagar, aproximei-me dela outra vez.

Assim que puxei a cadeira um pouquinho mais para perto dela, repentinamente, num movimento felino, as duas mãos da garota viraram garras que atacaram meus olhos e quase os atingiram. Na verdade, ela arrancou fora meus óculos e os atirou para longe, eles voaram, caíram, e não quebraram, mas foram parar do outro lado da porta da cozinha.

Tanto o pai como a mãe queriam sumir de tanta vergonha e pediram mil desculpas. "Que menina malcriada!", disse a mãe, puxando-a pelo braço e lhe dando um apertão. "Olhe só o que você fez. O doutor é tão bonzinho..."

"Pelo amor de Deus", protestei, "não diga mais para a menina que sou bonzinho. Estou aqui para examinar a garganta dela e há grande possibilidade de que ela esteja com difteria e possa morrer. Mas isso não significa nada para ela. Olha aqui", eu disse à menina, "nós vamos examinar a sua garganta. Você já tem idade para compreender o que estou lhe dizendo. Será que você vai abrir a boca, ou terei que abri-la para você?"

Ela não se mexeu. Nem seu rosto mudou. Mas a respiração estava cada vez mais acelerada. Foi então que começou a batalha. Eu tinha que enfrentá-la. Eu tinha que colher a cultura da garganta para o seu próprio bem. Mas primeiro eu disse aos pais da menina que a decisão era deles. Expliquei o risco que representava a difteria, mas também que eu não insistiria num exame da garganta a menos que eles assumissem a responsabilidade por essa decisão.

"Se você não obedecer ao doutor, terá que ir para o hospital", disse a mãe à menina.

"Ah, é?", respondeu a menina, e eu sorri por dentro. Àquelas alturas eu já estava completamente apaixonado pela criaturinha selvagem, enquanto os pais dela me irritavam muito. Ao longo da disputa eles foram ficando cada vez mais abjetos, vencidos, exaustos, enquanto a menina se elevava à altura magnífica da fúria insana que nascia do terror que eu lhe inspirava.

O pai se esforçava para fazer o melhor, e ele era um homem grande, mas o fato de que ali estava sua filha, e a vergonha que ele sentia pelo comportamento da menina, além do seu medo de machucá-la, fez com que a soltasse no momento crítico todas as vezes em que eu quase conseguia examiná-la, e eu tinha ímpetos de matá-lo. Mas o temor de constatar que ela tivesse realmente contraído difteria o levava a continuar me ajudando, embora estivesse à beira de um desmaio, enquanto a mãe andava de um lado para o outro balançando as mãos, tomada pela agonia e pela preocupação.

"Ponha a menina no colo", ordenei, "e segure os pulsos dela."

Assim que o pai me obedeceu, a garota começou a berrar:

"Não, assim você está me machucando! Largue minhas mãos. Largue, largue, largue!" Depois ela começou a gritar ainda mais terrível e histericamente. "Pare, pare com isso, pare, você está me matando!"

"O senhor acha que ela consegue agüentar tudo isso, doutor?", perguntou a mãe.

"Se você sair de perto!", disse o marido à mulher. "Você quer que ela morra de difteria?"

"Venha, segure os pulsos dela", eu disse.

Então agarrei a cabeça da menina com a mão esquerda e tentei enfiar a espátula entre seus dentes. Ela lutou, cerrou os dentes, desesperadamente! Mas agora eu também estava furioso — como uma criança. Tentei acalmar-me; impossível. Sei examinar uma garganta muito bem. Dei o melhor de mim. Quando finalmente consegui enfiar a espátula entre os dentes posteriores, mantendo a ponta na cavidade bucal, ela abriu a boca por um breve instante, só que antes que eu conseguisse examiná-la escapou de novo, prendeu a espátula entre os molares e a estilhaçou antes que eu tivesse tempo de retirá-la.

"Você não tem vergonha?", gritou a mãe. "Você não tem vergonha de se comportar desse jeito na frente do doutor?"

"Por favor, me alcance uma colher", eu disse à mãe. "Vamos até o fim deste exame." A boca da menina já estava sangrando. Ela tinha cortado a língua e soltava gritinhos histéricos. Talvez eu devesse desistir e voltar um pouco mais tarde. Não há dúvida de que teria sido bem melhor. Mas eu tinha visto duas crianças mortas na cama devido à negligência e sentia que precisava diagnosticar a doença o quanto antes. Porém, o pior daquilo tudo era que eu também tinha perdido a cabeça. Sentia tanta ira que teria picado a menina viva de puro prazer. Gostei quando consegui prender os pulsos dela. Meu rosto pegava fogo.

Aquele demônio em miniatura precisava ser protegido da própria teimosia, é isso que a gente pensa numa hora dessas. Por medida de segurança, as outras pessoas deviam ser afastadas daquela menina. Tratava-se de uma necessidade social. Era a mais pura verdade. Mas uma fúria cega, aliada à sensação de culpa adulta, somada à dor muscular nos braços, tornara-se imperativa. Era preciso pôr um fim àquela situação.

Numa última tentativa insana, imobilizei o pescoço e a mandíbula da menina. Forcei a colher até o fundo dos dentes dela. E então pude ver suas duas amídalas cobertas de membrana. Ela havia lutado com todas as forças para impedir que eu descobrisse o seu segredo. Escondera a garganta inflamada havia pelo menos três dias, e mentira aos pais para fugir da situação que enfrentávamos naquele momento.

Então sim, ela ficou furiosa. Até aquele momento a menina tinha só se defendido, mas agora me atacava. Escapuliu do colo do pai e me deu um chute enquanto as lágrimas de derrota cegavam-lhe os olhos.

(Tradução de Heloisa Prieto)

ESPIRAL DO MAL

Paulo Bloise

Foi a única vez que um dono de hospital ligou para casa. Fiquei desconfiado. Do outro lado, uma voz dura, sem reentrâncias, tentava soar informal num convite assim: "Venha conhecer o nosso espaço ou passe por aqui para tomarmos um café". Alguns dos parentes do dono eu conhecia, gente ruidosa, enriquecida com a medicina. Aceitei o convite. "Quanto mais plantões, melhor!", era o lema da época.

No dia seguinte eu conferia o tal espaço, um hospital de amplo estacionamento, entrada ensolarada, recepção com muito mármore. Um mármore cercado por janelas generosas, que roubavam toda a luz do exterior. Claridade e móveis sofisticados no andar dos visitantes.

Eu me sentia quase bem, recebido daquela maneira, o papai como vai, estudamos juntos não sei em que curso, e você colega do Ronaldo, nosso filho, ah ele não quer trabalhar aqui, jovens são do contra mesmo, risos, cafezinho em porcelana de luxo. Você faz pesquisa?, interesse em pesquisa nós também temos.

Tudo, tudo mesmo soava como uma promessa luminosa.

Era um clima de casa de chá, que com o passar dos minutos foi se tornando pesado. Não tínhamos muito o que conversar. Eu me ajeitava na cadeira de algum designer famoso e me encolhia na amabilidade opressiva. Enquanto isso, aquele senhor com sotaque estrangeiro mantinha a mesma polidez. Pegava a xícara com as pontas dos dedos, sorria com os olhos e me observava. Eu amassava o guardanapo, abria, amassava o guardanapo.

Então, com economia de gestos, ele se lembrou de uma internação para fazer. Despedimo-nos com sorrisos educados na ala das internações particulares, que lembrava um hotel de luxo.

Voltei para casa sorridente, com boa impressão, apesar da artificialidade da conversa. Contratado para todos os sábados à noite. Eu fazia planos, lembrava do dono do hospital insistindo, plantão muito tranqüilo, plantão tranqüilo. Cuide das duas alas de cima, o resto fica a cargo dos diaristas. Nem se preocupe.

Retornei no primeiro sábado. Dia meio turvo, poluído, de maio. No caminho, a minha namorada, que aproveitava nossos quarenta e nove minutos de paz, minha namorada, que num momento de paixão fulminante e fugaz se oferecera para me levar, reparou que havia um McDonald's por perto. E para ela, isso já indicava o quanto aquele plantão seria diferente dos outros. O quanto aquele quase-hotel me permitiria uma escapada e eu venho te visitar meu amor, beijinhos furtivos de despedida. Puxa, estávamos felizes!

Um porteiro sonolento abriu as portas e logo me deixou sozinho no saguão. "Olha", ele disse sem me encarar, "olha, a enfermeira já vem, tá?" Ninguém para me atender. Dez minutos, vinte minutos e ninguém para me atender. Eu sentei numa poltrona macia, sob a noite que jorrava escuridão por todos aqueles vidros, escurecendo os mármores, embrutecendo o design requintado.

Passou-se meia hora. Algo me deixou em estado de alerta. Algo me fez pisar como se temesse tocar o chão com violência e despertar forças instáveis. Entrei no quarto do plantonista. Por lá, só pernilongos irritadiços e bolor na parede.

Então, de repente, eu me lembrei que iria começar a trabalhar sem conhecer o hospital. Parei quieto, um barulho de ferro chocando-se com ferro ecoou no edifício. Vozes abafadas vinham de baixo.

Eu não conheço as enfermarias, pensei de novo, chacoalhado por outro ruído ferro-encontra-ferro. Mas esse hospital é baixo, logo...

Logo eu deduzi que pisava no teto das enfermarias e que o hospital, que ficava no alto de uma ladeira, se estendia para dentro da terra. Uma vibração esquisita me atravessou, como aquele vento que tumultuava almas no inferno de Dante. Ouvi uns passos se aproximando.

Passinhos rápidos, barulho ferro-ferro, passos rápidos, rumores intermitentes.

A enfermeira surgiu na escuridão. Sexy e jovem, o cabelo vermelho cortado rente à cabeça, ela trazia umas pastas agarradas junto ao corpo, feito colegial.

"Desculpe a demora, é que a ala feminina... O senhor sabe, as alas femininas dão sempre mais problemas que as masculinas." Ela falava e não desgrudava do monte de pastas que trazia junto ao peito. Um escudo de papéis amarelecidos e folhinhas caindo.

Estendeu-me a mão com meiguice.

"Kátia, muito prazer", e sorriu. Um sorriso que começou entreabrindo os lábios, espalhou-se pelo rosto, contaminando seus gestos, como se estivesse feliz em me ver. Mas algo me chamou a atenção. Algo que não sorria e se mantinha atento a mim — seu olho esquerdo. Maior que o vizinho, ele tinha um halo de ruindade e parecia ter vida própria. Estremeci.

"Desculpe a demora", ela insistiu, "é que tivemos internações. Você quer fazer a visita agora?"

Saímos por uma área pouco iluminada e começamos a descer uma rampa cheia de curvas. Entendi os estrondos que ouvia: em cada andar havia uma enfermaria lacrada por grades de ferro e um cadeado descomunal.

"Aqui são as mulheres recém-admitidas", ela falou num tom macio, como se estivesse num parque. E foi me apontando pessoas com a mão livre, pois a outra ainda segurava as pastas:

"Esta está amarrada, pois ameaçou não sei quem; aquela é perigosa, não é bom soltar. Olha, se não puser pra dormir as duas do quarto ao lado, ninguém dorme. Eh, eh, nem pensar", ela riu, balançando o corpo com graça.

"Assim não te darão trabalho. Nem se preocupe que eu cuido de tudo, doutor", ela foi dizendo, tranqüila, ao passar-me uma prancheta com as medicações já prescritas. Era só assinar. Era só seguir as instruções dela que não teríamos problema, claro, eu poderia opinar, mas, veja bem, eu conheço o hospital... E nessa hora, com a prancheta estendida, seu olho esquerdo crescia na minha direção, autoritário. Charme e crueldade me atordoando.

"Solta essa moça. Solta essa moça", eu repeti, "que a mão dela está inchando."

Os plantões prosseguiram assim. Em disputa camuflada com a enfermeira, sensualidade nos quadris e dardos no olho esquerdo. Se perguntasse sobre as outras enfermarias, a resposta era sempre a mesma: "Lá está tudo tranqüilo". Os pacientes são crônicos, os assistentes é que cuidam deles todos os dias. Eu me sentia barrado por ela e seu colega da ala masculina. "Não se preocupe, se houver intercorrências, aí sim!"

Acho que foi no terceiro ou quarto plantão que, quando terminei a visita dos agudos, teimei em visitar o hospital todo. Fui descendo a rampa em espiral até chegar na ala masculina. O enfermeiro, que me seguia contrariado, abriu as grades enferrujadas e me deixou sozinho no corredor. Algumas portas começaram a se entreabrir. Vultos me espiavam, cabeças agitavam a escuridão, sussurros escapavam de quartos que jamais recebiam a luz do sol. Fui até o posto de enfermagem e, quando notei, vários pacientes me cercavam. Me assustei.

O enfermeiro desaparecera como se quisesse me castigar. Trancado? Olhei ao redor. Homens de várias idades, pijamas velhos gesticulavam, aventais puídos procuravam chamar-me a atenção, bocas desdentadas.

Fui me acalmando e fingi naturalidade para estabelecer um contato. Nisso um senhor alinhado, com roupas de algumas décadas passadas, se aproximou, falando um português correto.

"Mas que prazer, presumo que o senhor é um doutor novo. O que veio fazer aqui, nesta ala esquecida?"

Américo, era o nome do interno. Ele fez uma mesura exibindo a magreza, expondo o cabelo empastado por algum produto da época da Segunda Guerra e começou a falar, como se estivesse carente de ouvidos que o entendessem ou o valorizassem. Entusiasmou-se:

"Doutor, adivinhe há quanto tempo estou aqui?"

"Não tenho a menor idéia."

"Tente", ele desafiou. E olhou a platéia que se agrupava mais e mais. De vez em quando um empurrão criava um ligeiro tumulto, gritos incompreensíveis eram disparados, mas seu Américo logo punha ordem.

"Vinte e dois anos. Doutor, vinte e dois anos no meio desta gente. Não é pra ficar louco?"

Recuei, assombrado.

"Mas, seu Américo, por que o senhor continuou aqui todo esse tempo?"

Ele esfregou as mãos, quase feliz:

"Ah, doutor, o senhor é muito novo. Conchavo da família com o hospital. Depois que a minha esposa morreu me prenderam aqui, venderam minha casa, dividiram o dinheiro. Não tenho para onde ir, nunca recebo visitas."

"Mas por que te internaram?"

"Bem, é que eu gostava de uma cachacinha, tinha

lá umas caboclas e, quando sobrava algum, dava uma passada no Jóquei..."

Nisso, um grupo começou a insistir: "Toca, toca!", e mais empurrões, novos tumultos, "Toca, toca!". Olhei para seu Américo, ele fazia pose de artista. Então, num gesto meio solene, pôs a mão no meu ombro e abaixou a voz:

"Doutor, esse hospital tem três destinos. A superfície, onde o senhor trabalha, é das visitas e dos acidentados mentais. Lá é que se decide a vida dos internos. A rua ou a queda."

Fez uma pausa, como se eu precisasse de tempo para assimilar a idéia.

"Em seguida vem o purgatório, o lugar onde vamos definhando como gente. A nossa ala. Eu, por exemplo, só saí do hospital duas vezes, para ir a um pronto-socorro e de ambulância. O mundo lá fora é como uma fita de cinema. Imagens que eu monto como quero."

Por um átimo, a idéia de ficar preso naquele espaço úmido me sufocou como um sótão de filmes de terror. Instintivamente procurei o estetoscópio com os dedos. E repeti a pergunta:

"Vinte e dois anos sem ver a rua?"

Seu Américo prosseguiu, sem se abalar:

"Aqui do purgatório ainda há alguma chance de voltar à rua. Porém o meu destino e o de muitos outros é diferente: o inferno gelado. Vá até o final da rampa e veja o que nos aguarda."

O grupo mais caótico começava a gritar "Toca, toca!". Seu Américo tirou um pente do bolso. Colocou um papel celofane sobre ele e pediu silêncio.

"É assim que nos divertimos. E esta é para o senhor."

Daquele estranho instrumento saíram "Tico-tico no fubá", algumas marchas de carnaval e melodias que eu nunca tinha ouvido. O pessoal se acalmou, alguns batucavam fora do ritmo, batiam palmas a esmo, outros queriam cantar e babavam. Seu Américo os hipnotizava com músicas de outros tempos e, naquele momento, toda desigualdade de almas, toda alienação formava uma unidade. Havia lugar para cada um, mesmo que estivesse gesticulando para a monotonia cinza da parede.

Ao terminar, o homem fez uma mesura desajeitada e perdeu o equilíbrio, alguém o socorreu, ficou sério. Aí, meio transfigurado, disparou:

"O senhor tem que ir adiante. É para não esquecer mais. Vá!"

Alguns gritos, o enfermeiro me liberta, escapo para baixo, ele resmunga algo incompreensível. Novas grades, agora abertas. "Daqui ninguém foge", ele brinca, com maldade. Invado a ala, o coração aperta, nenhum movimento. Só duas portas. Abro a esquerda, o canto dos idosos. Na penumbra, o cheiro me atinge como um golpe. Denso, oleoso, insuportável. Velhinhos largados na cama, alguns no chão, todos sujos, magros, mantidos por não sei qual fio de vida. Na direita, os deficientes mentais. Homens em posturas impossíveis, restos de comida espalhados, pijamas urinados, obesos em respiração ruidosa somando deformações físicas a mentais. Ninguém fala, ninguém reclama, ninguém me vê. Não suporto ficar ali.

Como um fantasma, entro e quero sumir daquele poço.

O enfermeiro noturno me aguardava, brincando provocativo com o molho de chaves. Finge que não me vê. Imóvel ao seu lado, Kátia me encara. Seus dois olhos firmes nos meus. Pela primeira vez, direito e esquerdo unidos na severidade. Duros, fixos.

"Entendeu, doutor? Esta ala não dá trabalho."

Procurei a superfície.

O purgatório, trancado, fazia silêncio.

Atrás das grades, alguns vultos se agitavam. "Doutor Eduardo!", alguém gritou, e repetiu "Doutor Eduardo!", mas foi como se dentro de mim não houvesse ninguém.

RÁPIDO, RÁPIDO

Moacyr Scliar

Sofro. Sofri de progéria, uma doença na qual o organismo corre doidamente para a velhice e para a morte. Doidamente talvez não seja a palavra, mas não me ocorre outra e não tenho tempo de procurar no dicionário — nós, os da progéria, somos pessoas de um desmesurado senso de urgência. Estabelecer prioridades é, para nós, um processo tão vital quanto respirar. Para nós, dez minutos correspondem a um ano. Façam a conta, vocês que têm tempo, vocês que *pensam* que têm tempo. Enquanto isso, eu vou escrevendo aqui — e só espero poder terminar. Cada letra minha equivale a páginas inteiras de vocês. Façam a conta, vocês. Enquanto isso, e resumindo:

8h15 — Estou nascendo. Sou o primeiro filho — que azar! — e o parto é longo, difícil. Respiro, e já vou dizendo as primeiras palavras (coisas muito simples, naturalmente: mamã, papá), para grande surpresa de todos! Maior surpresa eles têm quando me colocam no berço — desço meia hora depois, rindo e pedindo comida! Rindo! Àquela hora!

8h45 — Eu ainda podia rir.

9h20 — Já fui amamentado, já passei da fase oral — meus pais (ele, dono de um pequeno armazém; ela, prendas domésticas) já aceitaram, ao menos em parte, a realidade, depois que o pediatra — (está aí uma especialidade que não me serve) — lhes explicou o diagnóstico e o prognóstico. E já estou com dentes! Em poucos minutos — (de acordo com o relógio do meu pai, bem entendido) tenho sarampo, varicela, essas coisas todas. Meus pais me matriculam na escola, não se dando conta de que às 10h40, quando a sineta bater para o recreio, já terei idade para concluir o primeiro grau. Vou para a escola de patinete; na esquina, porém, abandono o brinquedo, que me parece muito infantil. Volto-me, e lá estão os meus pais chorando, pobre gente.

10h20 — Não posso esperar o recreio; peço licença à professora e saio. Vou ao banheiro; a seiva da vida circula impaciente em minhas veias. Manipulo-me. Meu desejo tem nome: Mara, da oitava série. Por enquanto é mais velha do que eu. Lá pelas onze horas poderia namorá-la — mas então já não estarei no colégio. Ali me foge o doce pássaro da juventude!

11h15 — Saindo do colégio, resolvo dar um passeio pela cidade que não conheço e que nunca chegarei a conhecer — doença braba, esta minha, implacável. Caminho (pelo meu tempo) meses. Chego a uma vila popular. Vejo malocas miseráveis; vejo crianças nuas, sujas. Revolta-me esse estado de coisas e choro pela pobre gente; pressinto que todos os latino-americanos são assim e choro pelos latino-americanos. Choro por mim.

12h15 — A hora seria de almoçar, mas não tenho fome. Além disso, repugna-me comer um pão que não ganhei. E aí, passando por uma tipografia, vejo o anúncio: "Precisa-se de auxiliar". Entro. O dono da tipografia está de saída para o almoço. Peço-lhe o emprego: ele me diz para voltar no fim do expediente — a hora em que estarei me aposentando, ou... Insisto: quero começar a trabalhar logo. Coça a cabeça, indeciso. Me dá um serviço: limpar o linotipo.

"Vai fazendo isso aí. Volto daqui a meia hora."

Volta, de fato, mas aí já estou cansado dos anos de exploração, do trabalho sem salário. Discutimos, tenta me agredir; é mais rápido do que eu, meus movimentos levam meses para se completar, mesmo assim consigo golpeá-lo com uma barra de ferro. Desaba. Morreu? (A morte, inevitável mais hoje, mais amanhã — mais hoje, para mim.) Não, não morreu, respira, mas não posso pensar em ajudá-lo. Fujo. Não posso ser preso. Não posso sequer ser submetido a julgamento primário. Fujo.

13h05 — Já não corro com tanta agilidade. Canso mais. É a velhice chegando! Estou numa rua sombria, estreita, de casas antigas. Entro pela primeira porta aberta. Subo por uma velha escada de madeira mal iluminada, chego a uma espécie de salão. Deitadas em sofás, sentadas em poltronas ou esparramadas pelo chão — mulheres seminuas. Já tenho idade para compreender do que se trata e não há tempo a perder, de modo que:

"Tu!" Aponto para uma moreninha magra e até bonita. Sorri para mim. Topou. Bom. Pelo menos aqui o tempo trabalha a meu favor. Vamos para o quarto. Tiramos a roupa, sorrindo um para o outro. Ela é a primeira; sinto que será a última; e então me entrego, esqueço a polícia, esqueço a noite que logo virá, esqueço tudo, beijo-a, beijo-a. "Que é isso, bem?", ela, surpresa com os arroubos do cliente, mas comovida. Me elogia, mas lamenta ter sido tão rápido. Rápido. Meses?

Levanta-se, vai ao banheiro. Fico algum tempo deitado. Muito tempo: quando me levanto, estou calvo — meus cabelos ficaram sobre o travesseiro. Recolho-os e, não sem dor, jogo-os pela janela. A brisa os leva embora.

"Não sabia que usavas peruca, bem", diz ela, voltando.

"Casa comigo", suplico. "Casa comigo, vamos ter um filho."

Arrojo-me a seus pés. Pensa que estou fingindo, fica amuada, diz que não se deve brincar com essas coisas. Não acredita em mim! Mas estou falando sério!

Uma gritaria lá fora. Espio pela janela: é o dono da tipografia, com um guarda. Reconheceu meus cabelos, levados pelo vento! Com imenso pesar me despeço da morena e fujo pelos fundos.

14h02 — Caminho pela rua, com muita dor na perna: feri-me ao escapar pela cerca de arame farpado da casa da morena. Mas não posso parar. Encontro minha mãe. Diz que meu pai ficou doente — de desgosto, afirma — e que precisa de mim para tomar conta do armazém. Minha mãe me olha de maneira estranha, como se não me reconhecesse. De fato, mudei muito nos últimos... minutos? Meses, quero dizer. Me queixo, pela primeira vez em minha vida. Me queixo da ferida na perna. Quando levanto a calça (que já ficou curta), o aspecto da ferida surpreende até a mim — é uma coisa horrível de se ver. Tenho de tomar uma providência imediata.

"Adeus, mãe!", abraço-a. "Vou ao médico, mãe!"

Saio correndo. Na esquina — a anos-luz de distância — paro, volto-me. A mãe acena para mim, desconsolada. Boa mãe, aquela. Voltaria a vê-la?

15h08 — Invado o consultório do dr. Shuler — Clínica Geral & Cirurgia. A recepcionista se levanta, espantada. Pede-me que aguarde na sala de espera. Sala de espera! Rio-me.

"Salas de espera não existem para mim!", grito, e acrescento, ameaçador: "Quero ver o doutor imediatamente".

A recepcionista me toma pelo braço, pretendendo conduzir-me porta afora. Engalfinhamo-nos. Engalfinhados, sinto seus seios contra meu peito. "Casa comigo", sussurro-lhe ao ouvido. Mas não, não quer casar. Quer lutar.

A porta se abre, o doutor aparece.

"O que se passa aqui?", pergunta, um homenzinho tímido com voz de ovelha alemã. Largo minha quase noiva e invisto pela sala dele adentro levando-o de roldão.

"Desculpe, doutor", vou dizendo, enquanto tiro a roupa, "mas sofro de progéria e quem tem essa doença, o senhor sabe melhor do que eu, não pode aguardar em salas de espera."

O médico me olha espantado, piscando atrás das grossas lentes. Mas (à voz de "progéria", certamente) o sagrado espírito do diagnóstico já tomou conta dele: aproxima-se e passa a mão em meu rosto, muito atento:

"Sim, é progéria, realmente. Eu nunca tinha visto um caso, mas não há dúvida: progéria. Interessante..."

Carrega nos erres, pronuncia mal. Não vou corrigi-lo. Tenho apenas o primeiro grau e ele é um doutor.

"O que o incomoda, amigo?", pergunta, depois de alguns minutos — meses.

Nu que estou, mostro-lhe a perna. A ferida agora está preta, exala um mau odor terrível. É a gangrena, reconheço. Nunca ouvi esse nome, mas sei perfeitamente que se trata de uma gangrena.

"Gangrena", diz o doutor, abaixando-se. "Interessante... Progéria, gangrena..."

"Interessante...", diz o doutor, e isso me dá raiva. Interessante, duas doenças juntas? E não quer mais nada, safado? Não vai um cancerzinho também? Que tal um derramezinho, hein? Mas logo me arrependo. Está a meus pés — um doutor! — e eu pensando mal dele.

"O que é que se faz, doutor?", quero saber, ansioso. (Mas não aflito, hein? Aflito ainda não. Daqui a pouco, talvez. Por enquanto, só ansioso.)

"O caso é de amputação", ele diz, erguendo-se. "De amputação."

"Amputa, então!", eu amável e enérgico, desesperado e estóico, calmo e ansioso, sorriso nos lábios e angústia no olhar. "Amputa!"

"Como?" Pensa não ter ouvido, o doutor; é meio surdo (desgraça da qual estou — até agora — poupado). "Como?"

"Amputa! Amputa logo!"

"Bem...", reluta, vê-se. "Nesse caso vamos ter que

providenciar a baixa em hospital, para amanhã, ou talvez..."

"Nada disso", atalho. "Amputação agora!"

(Frase sintética. Progéricos valorizam síntese.)

"Agora?", força-me a repetir. Homenzinho duro de entender.

"Agora e aqui. Aqui e agora."

"Não posso. É humanamente impossível."

Olho ao redor. Há um banquinho de ferro que me serve muito bem. Passo a mão nele.

"Ou me amputas ou te mato, velho!"

"Mas", agora está apavorado, "e a dor?"

"Esquece a dor! A dor é comigo!"

Sento-me na pequena mesa cirúrgica. Resmungando, ele espalha iodo na minha perna, calça luvas de borracha, tira os instrumentos de um armário de vidro e começa.

No princípio dói pouco — é tecido morto que ele corta, tecido que morreu um pouco antes do organismo de que faz parte. Eu, olhando-o trabalhar, gracejo, solto gargalhadas. Mais adiante, porém, a coisa vai ficando feia — eu berro, entusiasmado, ao sentir a estimulante dor.

"Que coisa boa é estar vivo, doutor", digo, enquanto ele cauteriza a ferida sangrenta.

Terminando, ele se levanta, vai à outra sala e volta com uma muleta.

"É da minha mulher, mas acho que vais precisar mais do que ela."

"Obrigado, doutor", digo, comovido, e peço a conta só por pedir, pois não tenho dinheiro, não houve tempo para poupança.

Ele diz que não vai me cobrar nada, mas acrescenta: "Se não te incomodas, gostaria de ficar com tua perna. Pretendo pesquisar o metabolismo desses tecidos."

E, com voz trêmula, faz uma confidência.

"Meu sonho", diz, "era ser cientista. Ainda não perdi a esperança de fazer uma descoberta importante, como a causa do envelhecimento, por exemplo. Se eu encontrar o defeito básico da progéria", acrescenta, os olhos brilhando, "a humanidade poderá enfim controlar o envelhecimento: a verdadeira Fonte da Juventude!"

"Até as seis horas o senhor descobre alguma coisa?", pergunto, animado por uma tênue esperança.

"Acho que não", me diz, condoído mas sincero. Não pode mentir para mim. Não deve mentir para mim. "Mas vou tentar. Prometo que vou tentar. Me telefona mais tarde. E agora", consulta o relógio, "se quiseres te vestir... Fica à vontade."

Minha consulta terminou, é o que ele quer dizer. Tenho mais o que fazer, perneta, te manda!

Apanho minhas roupas, e, com o auxílio da muleta, passo para a sala ao lado. Movo-me lépido, já me adaptei à nova maneira de andar. Impressionante: o que os outros levam meses para aprender, eu aprendo em minutos. O que é justo, aliás.

Estou na sala de visitas da casa do doutor. Aproximo-me de um espelho, examino o rosto com atenção. Noto que o processo de envelhecimento não cessa; ao contrário, parece ter se acelerado nos últimos minutos. Digo, meses. As rugas se acentuaram, os poucos cabelos que restavam branquearam, as sobrancelhas tornaram-se hirsutas. A linha das sobrancelhas corresponde aos meandros desse rio que flui por minha cabeça. Ali, nos meandros, se acumulam a galharia, as penas perdidas dos pássaros silvestres, os gravetos. Lombo de porco-espinho, lombo sujo de porco-espinho. (Essa comparação não está muito boa. Paciência. Qualquer literato com mais de quarenta anos poderá fazer uma comparação melhor do que a minha. Um dia resolverei esse problema.)

"Bonito, o que o senhor fez comigo."

Volto-me. É a mulher do doutor, numa cadeira de rodas; como eu, tem a perna amputada. Me olha com raiva. Sei por quê: estou com a muleta dela.

"Desculpe, senhora", digo, tentando ser amável. Mas... Para quê? É uma velha; não nos engalfinharemos; e é casada; não casará comigo. Olho o rosto enrugado, estremeço; é o meu rosto que vejo ali. Murmuro qualquer coisa, peço licença e saio.

16h45 — Já! Tão tarde!

16h47 — Estou gostando de viver. Paro numa banca de revistas. Capas coloridas com lindas mulheres... Coisa bem boa. Pego um jornal e leio uma notícia: fala em descobertas sensacionais. Médicos americanos... E se eu fosse para os Estados Unidos?... E se lá eles me curassem?... Seria ótimo, mas... haverá tempo? E o dinheiro? Se eu pudesse apostar na loteria, e se a extração fosse agora, e se eu ganhasse, e se me pagassem logo, e se eu corresse ao aeroporto, e se fretasse um jato particular...

Disfarçadamente, rasgo a notícia, me afasto dali, entro numa agência lotérica.

"Tem alguma extração hoje?", pergunto.

"Às cinco", me diz o homem, olhando o relógio. "E tenho o final treze, hein? Aproveita que eu tenho o final treze."

"Escuta...", inclino a cabeça na direção dele, mas não adianta eu explicar que sofro de progéria nem argumentar que tenho os minutos contados. Não: ele não tem cara de quem dá bilhetes de presente.

Saio à rua. Cada vez me locomovo com mais dificuldade. Não é só a perna amputada; é o insidioso reumatismo que me invade na tarde nevoenta de inverno.

Vejo uma moça parada diante da banca de revistas. Abre a bolsa, tira um maço de notas. Sem pensar, dou o bote — zás! —, arrebato-lhe o dinheiro, saio correndo! De muleta! Me agarram logo adiante, três rapazes barbudos.

"Rapazes...", suplico.

A moça vem correndo.

"Moça!", grito. "Me ajuda, moça! Sou doente!"

Um guarda me agarra pelo braço, uma pequena multidão já está formada ao meu redor.

"Velho, aleijado e ainda por cima ladrão", comenta uma velha.

"Cala a boca, velha", digo, e o guarda me dá um safanão.

A moça se aproxima, ofegante. Não é bonita; usa óculos, tem uma boca muito grande, mas... bem, eu lhe pediria para casar comigo se tivéssemos nos encontrado em outras circunstâncias... Agora é tarde. Só resta esperar a noite. A moça me olha.

"Acho que me enganei", diz. "Acho que ele não me roubou nada."

Abre a bolsa.

"É, o dinheiro está todo aqui. Me enganei."

O guarda reluta, mas acaba por me libertar, não sem me avisar que da próxima vez vou em cana de qualquer jeito. Da próxima vez... Coitado! Não conhece a força da progéria.

As pessoas se dispersam. A moça fica parada, me olhando. Consulto o relógio. São cinco horas da tarde. Em ponto. A loteria correu e não preciso ser adivinho: deu o treze, lá se foram minha viagem e minha cura. Uma vertigem... Ela me ampara.

"Desculpe", murmuro. "É que desde os seis anos, nada."

Me olha, incrédula, opta por rir. Rimos os dois, ela se oferece para me pagar uma média com pão e manteiga.

"Se me devolveres o dinheiro, claro", acrescenta. Rimos de novo, eu lhe devolvo o dinheiro.

17h18 — No apartamento dela, as roupas sobre a cadeira, a muleta no chão, o coto da perna apoiado na guarda da cama, eu sobre ela, eu tentando, molhado de suor, eu tentando, gemendo, eu tentando, o corpo todo me doendo — não é fácil na minha idade. Ela me olha. Antes era com amor. Agora também é com amor, mas com piedade também.

Sento-me à beira da cama.

"Não dá?"

"Não dá", suspiro.

"Quem sabe..." diz, querendo me ajudar.

Levanto-me, apanho a muleta, caminho de um lado para outro. Me ocorre uma idéia:

"Onde é o telefone?"

"Ali", diz, surpresa. "Mas o que estás pensando?"

Pego a lista telefônica. Tremo tanto que não consigo virar as páginas. Ela tem que me ajudar. Descubro o número do dr. Schuler, ligo para ele. Ocupado. Torno a discar. Ocupado de novo! Meu Deus, será que nunca terei sorte? Por fim, consigo a linha livre.

"Alô, doutor!", eu, angustiado. "Ai, doutor, eu tentava e tentava, e o seu número sempre ocupado..."

"Era minha mulher encomendando uma muleta nova", o doutor, calmo como sempre. "Mas o que é que manda, amigo? Como está a amputação?"

"Doutor!", grito. "Doutor, a amputação está bem, eu é que não estou bem! Doutor, envelheço a cada minuto! Doutor, estou morrendo! Doutor, o senhor descobriu alguma coisa?"

"Eu mesmo não descobri, mas sabe..."

"Ai, doutor!", grito, no abismo do desespero.

"Mas sabe", continua, "que a minha recepcionista estava tomando leite aqui na minha sala — ela sofre de úlcera, sabe —, e aí ela deixou cair a úlcera, aliás, o leite, na sua perna, quero dizer, na sua antiga perna, e eu acho, me parece, sabe, que a perna mudou de aspecto, a pele ficou mais lisa, acetinada!"

"Leite!"

Volto-me para a moça — como é o nome dela?, nem sei o nome dela — e pergunto, ansioso:

"Tens leite aí, amor?"

"Não", responde, "não costumo tomar café em casa."

Já não escuto. Largo o telefone, corro para o quarto. Trêmulo, tento enfiar as calças. Caio duas vezes. Por fim, com o auxílio dela, consigo me vestir.

"Rápido!", grito. "Vamos comprar leite!"

Olho o relógio; são *17h42* — Dezessete horas e quarenta e dois minutos! Acredito — é uma convicção profunda que eu tenho, uma fé que vem de dentro, uma crença arcaica — que o prazo fatal termina às dezoito horas. Temo este número, dezoito. Temo os ponteiros em oposição, um apontando para cima, outro para baixo, um para o céu, outro para o inferno, temo o negror dos ponteiros e dos números, anseio pelo branco do leite e...

17h45 — Dezessete horas e quarenta e cinco minutos. E o elevador não vem!

"Vamos pela escada!", grito.

"Mas tu não podes", ela me diz, com os olhos cheios de lágrimas. "Estamos no oitavo andar, e tu com essa perna amputada."

"Posso, sim!"

Ela me segura, apontando o pequeno painel sobre o elevador. Os números se iluminam: um, dois, três...

"Vem subindo, estás vendo?"

Sorri. É uma moça boa. Trabalha num escritório, faz poesia. Vive sozinha porque quer encontrar o seu caminho. O seu amado. E eu...

A porta do elevador se abre.

"Olha quem está aí!", ela, alegre. "Meu pai! Há quanto tempo, papai!"

O dono da tipografia.

"Seu salafrário!", diz ele, enraivecido. Me reconheceu! Me reconheceu, apesar da idade! "Seu velho salafrário! Com minha filha, assassino!"

Cambaleio. Ela me ampara. É tarde, o frio da noite já me invade os ossos. Sento no chão, apóio a cabeça na parede.

"Escreve tudo", peço-lhe. "Escreve tudo como se fosses eu."

Meus olhos se toldam. A última coisa que vejo: ela abre a bolsa, tira um lápis e uma folha de papel, começa a escrever: "Sofro. Sofri...".

FORA DE CONTROLE

Ricardo Gouveia

A psicóloga clínica Tânia d'Argento examinou com expressão totalmente neutra seu novo paciente, o último daquele dia estafante. Ele aguardava em pé junto à porta, tímido, sem saber o que fazer: um rapaz alto, bronzeado, de cabelos pretos e lisos caindo por cima dos óculos espelhados. Vestia um terno azul-claro de tecido leve, perfeitamente ajustado ao seu corpo de atleta, camisa impecavelmente branca e passada, gravata estreita de crochê, sapatos finos de cromo: em suma, uma gracinha.

Tânia conteve o suspiro, relanceou mais uma vez para o nome na ficha diante dela e repuxou os lábios finos num sorriso profissional, só de boca, no rosto duro e anguloso.

"Entre, Laércio", disse ela. "Sente-se. Está incluído no preço."

"Obrigado", murmurou Laércio, adiantando-se e sentando na poltrona diante da mesa da psicóloga, que o encarava com uns inexpressivos olhos azuis.

"Bem?", começou ela, depois de longa pausa, não se esforçando nem um pouco para deixá-lo à vontade. "Os seus cinqüenta minutos estão correndo."

"Eu... Eu estou com problemas...", balbuciou Laércio afinal. "Eu não sei... Me disseram que a senhora poderia ajudar."

"Sim?", disse Tânia d'Argento, inclinando a cabeça ligeiramente para o lado e erguendo as sobrancelhas para demonstrar profundo interesse profissional e que era toda ouvidos.

Ele era um gato. De que cor seriam os seus olhos? Bem que podia tirar aqueles óculos idiotas.

"Não sei por onde começar", ele estava dizendo. "Eu... Eu não sei por onde começar", repetiu, conclusivo. Tânia simplesmente *precisava* ver aqueles olhos, e aproveitou:

"Comece tirando os óculos."

"Não."

"Não?"

Tânia sacudiu de leve a cabeça, balançando os cachinhos loiros, ao mesmo tempo que levava a ponta do indicador ao cenho franzido para demonstrar sua perplexidade. Falou pausadamente, ponderada, sem inflexão:

"Acho que não entendi. Se não me engano, ouvi você dizer que tinha um problema e que veio buscar minha ajuda. E em vez de me contar qual é o problema, você prefere se esconder atrás desses óculos. Por quê?"

"Não estou me escondendo. Apenas não quero tirar os óculos."

"Essa sua resistência é muito significativa. Tipicamente, o que você teme é desagradar ao seu interlocutor, porque se sente inseguro quanto a suas próprias qualidades. E ameaçado. Assim, você oculta os olhos, que são o espelho da alma, e os substitui por um espelho físico que funciona como um escudo contra a hostilidade do mundo, ao mesmo tempo que devolve à outra pessoa a sua própria imagem. Claro, você acha que a outra pessoa só pode ver virtudes em sua própria imagem, e assim você se apossa daquelas qualidades que não lhe pertencem para compensar sua insegurança.

"Não me confunda!", gritou Laércio, levantando-se de um salto. Tânia não conseguiu conter um gritinho para dentro de susto genuíno e nada profissional, mas ele nem ouviu; virou-se bruscamente de costas e, um instante depois, ela ouviu soluços abafados.

"Desculpe", disse ele por fim, ainda de costas. "Acho que estou me desestruturando, perdendo totalmente o controle."

Tânia respirou fundo com os olhos semicerrados para controlar-se ela mesma e recuperar a compostura profissional antes de falar.

"Está tudo bem." Levantou-se e contornou a mesa enquanto prosseguia. "Você não precisa ter medo. Aqui dentro está perfeitamente seguro." Ela pousou a mão no braço dele e ele se encolheu como se tivesse levado um choque.

"Não me toque!"

"Por que não? Você tem medo de contato físico com outro ser humano?"

"Sim, tenho. Estou perdendo o controle, já disse."

"Você está dizendo que tem medo do que seria capaz de fazer se eu o tocasse."

"Sim, é exatamente o que estou dizendo."

"Entendo. É como se houvesse duas pessoas dentro de você: uma, seu 'eu' consciente, civilizado, com padrões morais e culturais; e outra, seu 'eu' primitivo, a fera escondida e reprimida no fundo do inconsciente, que poderá escapar ao seu controle assim que eu tocar em você, e me atacar como uma besta selvagem, dilacerar meu corpo com suas garras e devorar minha carne."

"Espere aí, que..."

"Sim, é isso que você teme e deseja ao mesmo tempo, Laércio." A fala dela continuava monocórdia, artificialmente pausada, sem emoção, clínica. "O Laércio natural, primitivo, deseja me atacar e me devorar como um selvagem, mas o Laércio civilizado teme as conseqüências, suprime esse impulso vital e, em vez de me devorar fisicamente, se contenta em me devorar só na imaginação, como está fazendo agora. É isso que você está escondendo atrás desses óculos espelhados."

Laércio voltou-se lentamente para ela e constatou:

"Você é completamente louca."

"É claro. Como bem diz a sabedoria popular, de louco todos nós temos um pouco. E agora eu vou tocar em você."

Ela estendeu as mãos para ele; ele se retesou, mas dessa vez não se moveu. Ela desabotoou-lhe o casaco, depois um botão da camisa, enfiou a mão e tocou-lhe o peito. Um frêmito violento percorreu o corpo de Laércio, mas ele não tentou se afastar.

"Agora tire os óculos", disse Tânia.

Sem palavras, Laércio ergueu a mão esquerda bem devagar e tirou os óculos espelhados.

Os olhos dele não tinham pálpebras. Eram dois grandes glóbulos brancos que quase saltavam das órbitas. A íris era verde. De um verde muito, muito profundo.

Tânia soltou um grito de pavor e tentou afastar-se, mas sua mão estava grudada no peito dele.

Ele acabou de desabotoar a camisa com a mão direita e Tânia viu a própria mão fundir-se à carne dele. Uma substância gelatinosa começou a subir pelo seu antebraço.

Laércio soluçava de novo.

"Eu disse que estava fora de controle. Tentei avisar. Agora vou ter de devorar você de verdade, muito mais literalmente do que você imaginava..."

Dália, a recepcionista, ouviu o segundo grito vindo da sala da dra. d'Argento e começou a ficar preocupada. Era normal coisas estranhas acontecerem nas sessões dela, e ela ficava uma fera quando a interrompiam. Por outro lado, aqueles gritos... era a voz *dela*. Quem costumava gritar nas sessões eram os pacientes, não ela. Talvez fosse melhor verificar. Tentou o interfone:

"Doutora d'Argento, está tudo bem aí? Doutora d'Argento?"

Silêncio total. Dália levantou-se e caminhou decidida para a sala de Tânia. Hesitou só um instante, bateu à porta. Não houve resposta; ela abriu e deparou com o consultório vazio. Avançou um passo para dentro da sala e estacou de repente, levando a mão à boca para conter um grito: diante dela, uma substância translúcida, fibrilante, parecia sair das roupas da psicóloga e do paciente, caídas no chão diante da escrivaninha, para misturar-se depois numa única massa viva e palpitante no meio do carpete.

Ela ficou ali petrificada alguns instantes olhando para aquilo, quando no meio daquela massa gelatinosa formou-se uma bolha que cresceu e se destacou, tomando a forma de uma cabeça humana. A cabeça da doutora d'Argento.

"Não se preocupe, Dália", disse a cabeça da dra. d'Argento. "Está tudo sob controle."

Dália tirou a mão da boca e deixou escapar o grito que estava contendo havia uns dois minutos, um guincho agudo, estridente, que se prolongou por diversos segundos, até ela cair no chão desmaiada. A massa protoplásmica começou a deslizar na sua direção.

Depois de assimilar o corpo da recepcionista, a massa, cada vez maior, amalgamou-se num glóbulo palpitante e se preparou para esperar. As mentes de Tânia e Dália informavam que não apareceria mais ninguém na Clínica de Saúde Mental da Vila Madalena até a manhã seguinte.

Melissa, a recepcionista da manhã, estranhou encontrar a porta da clínica destrancada: quem teria chegado antes dela? Estava escuro lá dentro, alguém fechara todas as persianas. Ela apertou o interruptor de luz, e nada. O que estaria acontecendo ali? De repente, sentiu que suas sandálias pareciam estar coladas no chão e, em seguida, que alguma coisa fria e viscosa lhe subia rapidamente pelos pés e tornozelos. Tentou gritar mas não conseguiu, estava totalmente paralisada. A substância continuava subindo pelas suas pernas, pelas suas coxas...

As pessoas foram chegando. Um a um, psicólogos, pacientes e funcionários foram sendo assimilados. Por volta das dez da manhã, aquela coisa já estava tão grande que não conseguia mais sentir-se à vontade nas salinhas tacanhas da clínica e achou que estava na hora de sair.

A substância translúcida foi vista escorrendo pelas janelas e por baixo da porta da clínica. Uns poucos curiosos deixaram-se apanhar e foram logo assimilados, mas os demais, vendo o que se passava, escaparam a tempo e deram o alarme. Não demorou, e a polícia e os bombeiros estavam no local.

Tiros eram inúteis contra a coisa: ela não possuía órgãos vitais nem sistema nervoso central. Da mesma forma, os lança-chamas não conseguiram impedir seu avanço. Ela se insinuava por qualquer passagem ou fresta, invadindo as casas vizinhas; quando se lembraram de evacuá-las, as novas vítimas já se contavam às dezenas. Todo o quarteirão foi isolado, e já começavam a falar em dinamite e napalm.

Denise Lar'a, pelo fone de ouvido do radinho escondido na gaveta da escrivaninha, ouviu as notícias e entendeu imediatamente o que estava acontecendo. Dando uma desculpa qualquer, saiu apressada do escritório na avenida Paulista, pegou um táxi e mandou tocar para a Vila Madalena. Chegando ao local, embarafustou pela multidão de curiosos, chegou a custo até o cordão de isolamento e tentou convencer os policiais a deixarem-na passar.

"Por favor, eu *preciso* passar! Posso deter aquela coisa, *tenho* que deter aquela coisa antes que seja tarde demais!", implorou, desesperada.

"Quem você pensa que é, garota? A Mulher Maravilha? Não se preocupe, eles já estão tomando providências para mandar este quarteirão inteiro pelos ares."

"Vocês não podem fazer isso, vão mandar pedaços de protoplasma para todos os lados e contaminar a cidade inteira! Me deixem passar!"

"Deixem a moça passar!", gritou alguém na multidão.

"É isso aí! Deixem ela passar!", levantaram-se outras vozes. As pessoas começaram a se comprimir, agitadas, contra o cordão de isolamento. Denise aproveitou o tumulto e esgueirou-se ágil por entre os policiais.

"Ficou louca?", eles gritaram. "Volte aqui! Você vai morrer!"

Ela correu diretamente para a gelatina que escorria de uma janela e se espalhava pelo chão; ninguém se atreveu a persegui-la. Atirou-se com as duas mãos espalmadas para a frente, direto contra a substância. Sentiu imediatamente uma forte incandescência nas mãos quando elas se fundiram com a massa gelatinosa, e logo foi invadida por um torvelinho de emoções e pensamentos confusos, em ondas sucessivas, nauseantes, doentias: a demência de Laércio Lar'a era avassaladora, e Denise Lar'a viu que estava sendo rapidamente envolvida, puxada e sugada para dentro daquele vórtice infernal.

Denise lutou com todas as suas forças enquanto se deixava arrastar pelo turbilhão vertiginoso, até conseguir tocar um ponto minúsculo de sanidade remanescente e estabelecer contato.

"Laércio, sou eu, Denise."

"Eu sei."

"Isso está errado, Laércio. Você *sabe*."

"Não posso fazer nada. Estou desestruturado."

A mente avassalada de Denise sentiu que aquela centelha de sanidade se afastava e se recolhia para dentro de si mesma, em pânico.

"Não vá embora, Laércio. Eu estou ao seu lado. Vamos lutar juntos."

"Vamos morrer, os dois."

"Sim. É preciso, Laércio. Humanos estão morrendo. Mas um *klir'g*, lembre-se, nunca morre de verdade."

"Desta vez será a morte definitiva, Denise. Nenhum dos nossos nos tocou. Nossa própria memória será apagada para sempre."

"Talvez seja melhor assim. De qualquer forma, é preciso."

As pessoas viram em silêncio o corpo da moça ser rapidamente absorvido pela substância translúcida e, pouco depois, um murmúrio contido ergueu-se da multidão: a geléia estava começando a se retrair e a murchar a olhos vistos.

Um carro oficial forçou passagem, buzinando, por entre a multidão e parou junto ao cordão de isolamento. Saltou um homem de meia-idade e basta cabeleira branca, acompanhado por dois seguranças armados.

O professor doutor Mateus, médico e exobiólogo internacionalmente respeitado, fora trazido às pressas para tentar analisar aquele fenômeno incompreensível. Ele andou apressado na direção da substância que murchava no chão, agachou-se ao lado dela e murmurou, entre aliviado e desalentado:

"Acho que cheguei tarde demais. Seja o que for, esta coisa já está morta."

O professor doutor Mateus estendeu a mão e tocou a superfície de leve com as pontas dos dedos; estranho, parecia sentir um leve frêmito de vida. Pressionou mais os dedos.

Ele estava agachado junto à substância, de costas para a multidão, e assim ninguém viu quando seus dedos se fundiram ao protoplasma quase morto, por alguns instantes apenas, mas o suficiente para que aquelas memórias agonizantes se transferissem para a sua mente. Através do professor doutor Mateus, Laércio e Denise Lar'a continuariam vivos para sempre.

As declarações do professor doutor Mateus foram publicadas nos jornais do dia seguinte: em sua opinião, aquilo era uma forma de vida extraterrestre que de alguma maneira viera parar na Terra, um tipo de organismo que crescia e proliferava assimilando toda matéria viva que tocasse; aquela forma de vida, psicologicamente perturbada, talvez pelo ambiente tão alienígena para ela, ficara totalmente desestruturada e acabara se autodestruindo. A crise chegara ao fim, e não haveria mais risco algum.

Ninguém nunca levou aquela teoria realmente a sério e, depois de algum tempo de acalorada discussão internacional sobre armas biológicas e outras experiências perigosas e incontroláveis, o episódio, como não podia mesmo ser explicado, ficou esquecido nos labirintos empoeirados de eternos inquéritos e especulações políticas e acadêmicas.

Fazendo a barba diante do espelho, o professor doutor Mateus Lar'a olhou para os próprios olhos verdes, de um verde muito, muito profundo, e sorriu um sorriso triste para si mesmo. Era preciso manter as coisas sob controle, e ele sempre fora da opinião de que a melhor mentira é a verdade.

O DOUTOR

Anton Tchekhov

A sala de visitas estava silenciosa, tão silenciosa que dava para ouvir claramente como batia no teto um moscardo que entrara voando de fora. A dona da *dátcha*,* Olga Ivánovna, de pé na frente da janela, olhava para um canteiro de flores e pensava. Sentado em uma poltrona, o dr. Tsvétkov, seu médico e velho conhecido de longa data, chamado para tratar de Micha, balançava o chapéu que segurava nas duas mãos e também pensava. Além deles, na sala e nos aposentos contíguos, não havia mais ninguém. O sol já se pusera e nos cantos, sob os móveis e nas cornijas, começavam a se estender as sombras do anoitecer.

O silêncio foi quebrado por Olga Ivánovna.

"Desgraça mais terrível não se pode imaginar", disse ela, sem se voltar da janela. "O senhor sabe, sem esse menino a vida para mim não tem nenhum valor."

"Sim, eu sei", disse o doutor.

"Valor nenhum!", repetiu Olga Ivánovna, e sua voz estremeceu. "Ele é tudo para mim. Ele é a minha alegria, a minha felicidade, a minha riqueza, e se, como o senhor diz, eu deixar de ser mãe, se ele... morrer, então de mim restará apenas uma sombra. Eu não sobreviverei."

* *Dátcha*: casa de veraneio no campo.

Torcendo as mãos, Olga Ivánovna passou de uma janela para outra e continuou:

"Quando ele nasceu, eu quis mandá-lo para uma instituição, um orfanato, o senhor se lembra disso, mas, Deus meu, será possível comparar então e agora? Então eu era vulgar, tola, avoada, mas agora sou mãe... compreende? Sou mãe e não quero saber de mais nada. Entre o presente e o passado há todo um abismo."

Fez-se silêncio outra vez. O doutor mudou-se da poltrona para o sofá e, mexendo impacientemente o chapéu, dirigiu o olhar para Olga Ivánovna. Pelo seu rosto se percebia que ele queria falar e aguardava um momento propício para isso.

"O senhor se cala, mas mesmo assim não perco a esperança", disse a senhora, voltando-se. "Por que o senhor se cala?"

"Eu ficaria feliz com a esperança, não menos do que a senhora, Olga, mas ela não existe", respondeu Tsvétkov. "É preciso encarar o monstro direto nos olhos. O menino tem um tumor no cérebro e devemos tentar preparar-nos para a sua morte, porque não existe cura para essa doença, nunca."

"Nicolai, você tem certeza de não estar enganado?"

"Esse tipo de pergunta não leva a nada", começou ele. "Estou pronto para responder a quantas quiser, mas não nos servirá de alívio."

Olga Ivánovna apertou o rosto contra o cortinado da janela e prorrompeu em pranto amargo. O doutor se levantou e deu alguns passos pela sala, depois aproximou-se da mulher chorosa e tocou de leve a sua mão. A julgar por seus movimentos decididos, pela expressão do seu rosto sombrio, que estava escuro no lusco-fusco do anoitecer, ele queria dizer alguma coisa.

"Escute, Olga", começou. "Conceda-me um minuto de atenção. Eu preciso perguntar-lhe uma coisa... Mas, de resto, a senhora não está para mim agora. Eu... Depois... Mais tarde..."

Ele sentou-se de novo e ficou pensativo. O choro amargo, suplicante, parecido com o de uma menininha, continuava. Sem esperar pelo fim, Tsvétkov suspirou e saiu da sala. Ele se dirigiu para o quarto de Micha. O menino continuava deitado de costas e fitava imóvel um único ponto, como quem presta atenção. O doutor sentou-se na cama e apalpou-lhe o pulso.

"Micha, dói-lhe a cabeça?", perguntou.

Micha não respondeu logo.

"Sim. Estou sempre sonhando."

"Com o que você sonha?"

"Tudo..."

O doutor, que não sabia falar nem com uma mulher chorosa nem com crianças, acariciou-lhe a cabeça quente e balbuciou.

"Não é nada, pobre menino, não é nada... Neste mundo não dá para viver sem doenças... Micha, quem sou eu? Você me reconhece?"

Micha não respondia.

"A cabeça dói muito?"

"Mmm... muito. Estou sempre sonhando."

Após examiná-lo e fazer algumas perguntas à empregada que cuidava do doente, o doutor voltou sem pressa para a sala de visitas. Ali já estava escuro e Olga Ivánovna, na frente da janela, parecia uma silhueta.

"Acendo a luz?", perguntou Tsvétkov.

Não houve resposta. O moscardo continuava a voar e a bater no teto. De fora não chegava som algum, como se o mundo inteiro, junto com o doutor, pensasse e não se decidisse a falar.

Olga Iványovna já não chorava, mas, como antes, em silêncio profundo, olhava para o canteiro de flores.

Quando Tsvétkov se aproximou dela e, no lusco-fusco, olhou para aquele rosto pálido e exausto de sofrimento, viu nele uma expressão que às vezes lhe acontecia observar em ataques de violenta e estupefaciente enxaqueca.

"Nicolai Trofímitch!", chamou ela. "Escute, e se convocarmos uma junta médica?"

"Está bem, eu providencio isso amanhã."

Pelo tom do doutor, era fácil julgar que ele pouco acreditava na utilidade de juntas médicas. Olga Ivanóvna queria perguntar mais alguma coisa, mas o pranto a impediu. Ela tornou a enterrar o rosto no cortinado. Nesse momento fizeram-se ouvir nitidamente, vindos de fora, os sons de uma orquestra que tocava em um clube de veraneio. Ouviam-se não só sopros, como até violinos e flautas.

"Se ele sofre, por que então fica mudo?", perguntou Olga Ivanóvna. "O dia inteiro, nem um som. Ele nunca se queixa nem chora. Eu sei, Deus nos tira esse pobre menino porque não soubemos dar-lhe valor. Semelhante tesouro!"

A orquestra terminou a marcha e um minuto depois, para o início do baile, atacou uma alegre valsa.

"Meu Deus, será que não é possível ajudar de alguma forma?", gemeu Olga Ivanóvna. "Nicolai, você é médico e deve saber o que fazer! Entenda que eu não suportarei essa perda! Eu não sobreviverei!"

O doutor, que não sabia falar com mulheres chorosas, suspirou e pôs-se a andar silenciosamente pela sala. Houve uma seqüência de pausas angustiantes, interrompidas pelo choro e por perguntas que não levavam a nada. A orquestra teve tempo de tocar uma quadrilha, uma polca e mais uma quadrilha.

Ficou completamente escuro. No aposento contíguo, a empregada acendeu uma lâmpada e o doutor, que ficara o tempo todo com o chapéu nas mãos, preparava-se para dizer alguma coisa. Olga Ivanóvna saiu algumas vezes para ver o filho; sentava-se ao lado dele, ficava por uma meia hora e tornava para a sala. Volta e meia ela se punha a chorar e a se lamentar. O tempo se arrastava torturantemente, e a noite parecia não ter fim.

À meia-noite, quando a orquestra tocou um *cotillon* e emudeceu, o doutor se preparou para partir.

"Volto amanhã", disse, apertando a mão fria da patroa. "A senhora vá deitar-se e dormir."

No vestíbulo, ao vestir o sobretudo e empunhar a bengala, parou, pensou um pouco e voltou até a sala de visitas.

"Olga, eu voltarei amanhã", repetiu com voz trêmula. "Está me ouvindo?"

Ela não respondeu. Aparentemente, perdera a capacidade de falar. De sobretudo e sem largar a bengala, Tsvétkov sentou-se ao lado dela e começou a dizer, num meio sussurro baixo e delicado, que não combinava nem um pouco com sua figura sólida e imponente:

"Olga! Em nome da nossa dor, dessa dor que eu compartilho... Agora, quando a mentira é criminosa, eu lhe imploro que diga a verdade. A senhora sempre insistiu que esse menino é meu filho. É verdade isso?"

Olga Ivanóvna permanecia calada.

"A senhora foi a única relação da minha vida", continuava Tsvétkov, "e a senhora não pode imaginar quanto o meu sentimento era ofendido pela mentira... Eu lhe peço, Olga, que pelo menos uma vez na vida me diga a verdade... Nestes minutos é impossível mentir... Diga que Micha não é meu filho... Eu aguardo."

"Ele é seu."

O rosto de Olga Ivánovna não estava visível, mas Tsvétkov sentiu hesitação na voz dela.

O médico suspirou e ergueu-se.

"Mesmo num momento como este a senhora se permite falar uma mentira", disse ele no seu tom normal. "Para a senhora, nada é sagrado! Ouça, entenda-me... A senhora foi a única relação da minha vida. Sim, a senhora era leviana, vulgar, mas além da senhora eu nunca amei ninguém na vida. Esse pequeno amor, agora, quando estou envelhecendo, constitui o único ponto luminoso nas minhas recordações. Por que então a senhora o obscurece com a mentira? Por quê?"

"Eu não o compreendo."

"Ah, meu Deus!", gritou Tsvétkov. "A senhora está mentindo, compreende perfeitamente!", gritou ele, ainda mais alto, e pôs-se a andar pela sala, agitando a bengala, furioso. "Ou será que esqueceu? Então eu vou lembrar-lhe! O pátrio poder sobre esse menino é dividido em partes iguais entre mim, Petrov e o advogado Kurovski, os quais, assim como eu, até hoje lhe mandam dinheiro para a educação do filho. É isso! Tudo me é sobejamente conhecido! Perdôo a vida passada, não me importo mais, mas agora, quando a senhora envelheceu, neste minuto, quando o menino está morrendo, a sua mentira me sufoca! Como eu lamento não saber falar! Como eu lamento!"

Tsvétkov desabotoou o sobretudo e, sempre andando pela sala, prosseguiu:

"Mulher desprezível! Ela não é afetada nem por momentos como este! Mesmo agora, ela mente com a mesma liberdade de nove anos atrás, no restaurante Hermitage! Ela tem medo de que, se me revelar a verdade, eu deixe de lhe mandar o dinheiro. Ela pensa que, se deixar de mentir, eu não amaria esse menino! A senhora mente! Isso é uma baixeza!"

Tsvétkov bateu no chão com a bengala e gritou:

"Isso é asqueroso! Criatura corrompida, deformada! É preciso desprezá-la, e devo envergonhar-me do meu sentimento! Sim! Sua mentira, durante nove anos inteiros, está atravessada na minha garganta, e eu a suportei, mas agora basta! Basta!"

Do canto escuro onde Olga Ivanóvna estava sentada, ouviu-se um choro. Tsvétkov calou-se e pigarreou. Fez-se um silêncio. O doutor abotoou lentamente o sobretudo e pôs-se a procurar o chapéu, que deixara cair ao andar pela sala.

"Perdi o controle", balbuciou, curvando-se todo para o chão. "Perdi de vista, totalmente, que a senhora não está para mim agora... Sabe Deus o que fiquei falando. Olga, não me dê atenção..."

Encontrou o chapéu e dirigiu-se para o canto escuro.

"Eu a ofendi", disse, num meio sussurro suave e delicado. "Mas, uma vez mais, Olga, eu lhe suplico, diga-me a verdade. Entre nós não deve sobreviver a mentira... Eu deixei escapar, e a senhora agora sabe que Petrov e Kurovski não são segredo para mim. Portanto, agora lhe deve ser fácil dizer a verdade."

Olga Ivánovna ficou pensativa e, hesitando visivelmente, falou:

"Nicolai, eu não minto. Micha é seu."

"Deus meu!", gemeu Tsvétkov. "Então eu lhe direi ainda mais: tenho guardada comigo sua carta a Petrov, na qual a senhora o chama de pai de Micha! Olga, eu sei a verdade, mas quero ouvi-la da sua boca! Entendeu?"

Olga Ivánovna não respondia e continuava a chorar. Esperando pela resposta, Tsvétkov deu de ombros e saiu.

"Volto amanhã!", gritou do vestíbulo.

Durante o caminho inteiro, sentado na carruagem, ele dava de ombros e balbuciava:

"Que pena que eu não sei falar. Eu não tenho o dom de persuadir e convencer. É claro que ela não me entende, pois mente. É claro! Mas como explicar-lhe? Como?"

(Tradução do russo de Tatiana Belinky)

O CASO DE LADY SANNOX

Arthur Conan Doyle

As relações entre Douglas Stone e a notória Lady Sannox eram bem conhecidas, tanto entre os círculos da moda, dos quais ela participava com brilhantismo, como entre os de entidades científicas que o contavam entre seus mais ilustres confrades. Houve portanto um interesse muito amplo quando foi anunciado certa manhã que a Lady havia, absoluta e definitivamente, tomado o véu, e que o mundo jamais a veria de novo. Quando, logo na esteira desse boato, veio a afirmação de que o celebrado cirurgião, homem de nervos de aço, fora encontrado, pela manhã, por um criado pessoal, sentado na beira da cama, sorrindo de maneira afável para o universo, com ambas as pernas enfiadas no mesmo lado dos calções e o cérebro notável reduzido a algo tão valioso quanto um chapéu cheio de mingau, então o assunto foi considerado forte o bastante para proporcionar um pequeno arrepio de interesse em pessoas que jamais esperariam que seus nervos exauridos fossem capazes de tal sensação.

Douglas Stone em sua plenitude era um dos homens mais notáveis da Inglaterra. Na verdade, dificilmente se poderia dizer que tivesse um dia atingido a plenitude, pois estava com trinta e nove anos na época desse pequeno incidente. Os que melhor o conheciam estavam cientes de que, por famoso que fosse como cirurgião, poderia ter obtido sucesso ainda mais depressa se tivesse escolhido outra carreira entre uma dúzia delas. Poderia ter aberto caminho para a fama como soldado, lutado por ela como explorador, intimidado os outros por ela nos tribunais ou construído a fama com pedras e ferro, como engenheiro. Nascera para ser grande, pois podia planejar o que outro homem não se atreveria a fazer, e podia fazer o que outro homem não se atreveria a planejar. Em cirurgia, ninguém o acompanhava. Sua coragem, seu juízo, sua intuição eram coisas à parte. Muitas e muitas vezes seu bisturi decepara a morte, mas roçara as próprias fontes da vida ao fazê-lo, até seus assistentes ficarem tão brancos quanto o paciente. Sua energia, sua audácia, sua autoconfiança da melhor cepa — não continua viva a lembrança dessas qualidades ao sul de Marylebone Road e ao norte de Regent Street?

Seus vícios eram tão magníficos quanto suas virtudes, e infinitamente mais pitorescos. Por grande que fosse a sua renda, e era a terceira maior entre todos os profissionais de Londres, estava muito abaixo do luxo de sua vida. No fundo da sua natureza complexa jazia um rico veio de sensualidade, e esse esporte ele colocava acima de todos os prêmios da vida. A visão, a audição, o tato, o paladar eram todos seus senhores. O buquê de velhas vindimas, o aroma de raro exotismo, as curvas e matizes das mais delicadas porcelanas da Europa — era nisso que o veloz fluxo de ouro se transformava. E então veio a sua súbita e insensata paixão por Lady Sannox, quando uma única entrevista com dois olhares provocantes e uma palavra sussurrada o deixaram em chamas. Ela era a mulher mais adorável de Londres, e a única para ele. Ele era um dos homens mais garbosos da cidade, mas não o único para ela. Ela tinha predileção por novas experiências e era benévola com a maioria dos homens que a cortejavam. Isso pode ter sido a causa ou pode ter sido o efeito de Lord Sannox aparentar cinqüenta anos embora não contasse mais de trinta e seis.

Era um homem calmo, calado, de matizes neutros, aquele lorde de lábios finos e pálpebras caídas, muito dado à jardinagem e cheio de hábitos familiares. Houvera um tempo em que gostava de atuar, em que chegara mesmo a alugar um teatro em Londres, sobre cujo palco vira pela primeira vez Miss Marion Dawson, a quem oferecera a mão, o título e um terço de um condado. Desde o seu casamento, o antigo passatempo se tornara repugnante para ele. Não era mais possível, nem mesmo em espetáculos privados, persuadi-lo a exercer o talento que freqüentemente demonstrara possuir. Ficava feliz com uma pá e um regador entre as suas orquídeas e crisântemos.

Era um problema muito interessante decidir se ele era inteiramente destituído de juízo ou miseravelmente carente de fibra. Conhecia o modo de ser de sua dama e o tolerava, ou era apenas um tolo, cego e apaixonado? Esse era um ponto a ser discutido tomando xícaras de chá em pequenas e aconchegadas salas de estar, ou com a ajuda de um cigarro em sacadas envidraçadas de clubes. Eram amargos e diretos os comentários dos homens sobre a sua conduta. Uma única pessoa tinha uma boa palavra a dizer sobre ele, e era o mais calado dos homens no salão de fumar. Ele o vira domar um cavalo na universidade, e ao que parece aquilo lhe deixara uma forte impressão.

Mas quando Douglas Stone se tornou o favorito, todas as dúvidas quanto ao conhecimento ou à ignorância de Lord Sannox foram postas de lado para sempre. Stone não usava de subterfúgios. Do seu modo arrogante e impetuoso, desafiava toda e qualquer cautela e discrição. O escândalo se tornou notório. Uma pessoa bem informada confidenciou que o seu nome fora riscado da lista dos vice-presidentes. Dois amigos imploraram-lhe que levasse em conta seu crédito profissional. Ele amaldiçoou os três e gastou quarenta guinéus em uma pulseira para a dama. Ia à casa dela todas as noites, e à tarde ela saía na carruagem dele. Nenhum dos dois sequer tentava esconder o relacionamento; mas, afinal, um pequeno incidente ocorreu para interrompê-los.

Era uma lúgubre noite de inverno, muito fria e tempestuosa, com rajadas de vento uivando nas chaminés e açoitando as vidraças. Um borrifo fino de chuva tilintava no vidro a cada novo murmúrio das lufadas, abafando por um instante o monótono gorgolejar e gotejar do entardecer. Douglas Stone terminara de jantar e sentara-se junto à lareira em seu estúdio, com um cálice de generoso licor na mesa de malaquita ao seu lado. Ao levá-lo aos lábios, ergueu o cálice contra a luz da luminária e observou com olhar entendido as pequeninas escamas que flutuavam no precioso líquido cor de rubi. O fogo crepitante da lareira lançava clarões intermitentes sobre o seu rosto confiante e bem delineado, com os olhos cinzentos muito abertos, os lábios grossos mas ainda assim firmes, e o queixo vigoroso e quadrado que tinha algo de romano em sua força animal. Sorria de vez em quando ao se recostar na luxuosa poltrona. Na verdade, tinha o direito de sentir-se satisfeito pois, contrariando o conselho de seis colegas, realizara naquele dia uma operação da qual só se tinha registro de dois outros casos, e o resultado fora brilhante, além de todas as expectativas. Nenhum outro homem em Londres teria tido a ousadia de planejar ou a perícia de executar tal procedimento heróico.

Mas ele prometera a Lady Sannox que iria encontrá-la naquela noite e já eram oito e meia. Esticou a mão para a campainha a fim de mandar trazer a carruagem quando ouviu a batida surda da aldraba. Um instante depois, ouviu um arrastar de pés no vestíbulo e a batida de uma porta se fechando.

"Senhor, um paciente, no consultório, pede para vê-lo", disse o mordomo.

"Algum problema com ele mesmo?"

"Não, senhor, acho que ele deseja que o senhor o acompanhe."

"É muito tarde", exclamou Douglas Stone, impaciente. "Não vou sair."

"Aqui está o cartão dele, senhor."

O mordomo apresentou o cartão em cima de uma salva de ouro que fora presenteada ao seu patrão pela esposa de um primeiro-ministro.

"Hamil Ali, de Smirna. Hum! Trata-se de um turco, presumo."

"Sim, senhor. Parece ter chegado do exterior. E seu estado é lamentável."

"Tsc, tsc, tsc! Tenho um compromisso, preciso ir a um outro lugar. Mas vou recebê-lo. Faça-o entrar, Pim."

Alguns momentos depois, o mordomo abriu a porta e introduziu um homenzinho decrépito que andava com as costas curvadas e com o rosto projetado para a frente, e uns olhos que denotavam extrema miopia. Tinha compleição escura, com cabelo e barba do negro mais profundo. Em uma das mãos segurava um turbante de musselina branca com listras vermelhas e, na outra, uma pequena bolsa de camurça.

"Boa noite", disse Douglas Stone depois que o mordomo fechou a porta. "O senhor fala inglês, eu suponho."

"Sim, senhor. Venho da Ásia Menor, mas consigo falar inglês, se pronunciar devagar."

"Se bem entendi, o senhor quer que eu o acompanhe?"

"Sim, senhor. Gostaria muito que o senhor fosse ver a minha mulher."

"Eu poderia ir pela manhã, pois tenho um compromisso que me impede de visitar a sua mulher agora à noite."

A resposta do turco foi singular. Ele puxou o cordão que fechava a boca da bolsinha de camurça e despejou um monte de ouro em cima da mesa.

"Cem libras", disse ele, "e prometo que não levará mais de uma hora. Tenho um tílburi aguardando lá fora."

Douglas Stone deu uma olhada para o relógio. Uma hora não iria atrasá-lo demais para a visita a Lady Sannox. Já estivera lá ainda mais tarde. E a remuneração era extraordinariamente alta. Andava sofrendo pressões dos seus credores ultimamente, e não podia se dar ao luxo de deixar passar uma oportunidade daquelas. Iria com o outro.

"Qual é o caso?", perguntou.

"Ah, é tão triste! Tão triste! O senhor não ouviu falar, quem sabe, dos punhais dos Almohads?"

"Nunca."

"São punhais orientais muito antigos, de formato singular, com um cabo parecido com o que o senhor chamaria de estribo. Sou um negociante de curiosidades, o senhor entende, e é por isso que vim de Smirna para a Inglaterra, mas na semana que vem vou voltar mais uma vez. Trouxe muitas coisas comigo e ainda me restam algumas, mas entre elas, para minha tristeza, está um desses punhais."

"Lembre-se, tenho um compromisso, senhor", disse o cirurgião com certa impaciência. "Por favor, atenha-se aos detalhes necessários."

"O senhor verá que é necessário. Hoje minha mulher sofreu um desmaio na sala onde guardo as minhas mercadorias, e cortou o lábio inferior nesse maldito punhal dos Almohads."

"Entendo", disse Douglas Stone, levantando-se. "O senhor quer que eu trate da ferida?"

"Não, não, mais que isso."

"O que é, então?"

"Esses punhais são envenenados."

"Envenenados!"

"Sim, e hoje não existe ninguém, no Oriente ou no Ocidente, que seja capaz de dizer qual é o veneno ou qual a cura. Mas tudo o que se sabe eu também sei, pois meu pai estava nesse ramo antes de mim e temos muito a ver com essas armas envenenadas."

"Quais são os sintomas?"

"Sono profundo e morte em trinta horas."

"E o senhor diz que não existe cura. Por que então está me oferecendo essa remuneração considerável?"

"Nenhuma droga pode curá-la, mas talvez o bisturi possa."

"Como?"

"O veneno é de absorção lenta. Ele permanece na ferida por horas."

"Então, é possível removê-lo lavando?"

"Não mais que numa mordida de cobra. É demasiado sutil e mortífero."

"Excisão da ferida, então?"

"Isso. Se for no dedo, ampute o dedo. É o que meu pai sempre disse. Mas pense no lugar onde foi a ferida, e no fato de que é a minha mulher. É horripilante!"

Mas a familiaridade com assuntos tão cruéis pode embotar a parte mais delicada da empatia de um homem. Para Douglas Stone, aquele já era apenas um caso interessante, e ele dispensou como irrelevantes as débeis objeções do marido.

"Parece que é isso ou nada", disse ele bruscamente. "É melhor perder um lábio que a vida."

"Ah, sim, sei que o senhor está certo. Bem, é um *kismet*, uma sina que precisa ser encarada. Estou aqui com um tílburi, e peço que o senhor venha comigo."

Douglas Stone pegou o estojo de bisturis de uma gaveta e o colocou no bolso junto com um rolo de atadura e uma compressa de gaze. Não podia mais perder tempo se ainda quisesse ver Lady Sannox.

"Estou pronto", disse ele, vestindo o sobretudo. "O senhor aceita uma taça de vinho antes de sairmos nesse frio?"

O visitante se retraiu erguendo a mão em protesto.

"O senhor se esquece de que sou muçulmano e fiel seguidor do Profeta", disse ele. "Mas, diga-me, o que é aquele frasco de vidro verde que colocou no seu bolso?"

"É clorofórmio."

"Ah, mas isso também é proibido para nós. É uma droga, e nós não usamos essas coisas."

"O quê? O senhor permitiria que sua mulher fosse submetida a uma operação sem anestesia?"

"Oh, ela não vai sentir nada, pobrezinha. O sono profundo, que é o primeiro efeito do veneno, já começou. E, além disso, dei a ela um pouco do nosso ópio de Smirna. Vamos, senhor, uma hora já se passou."

Quando eles saíram para a escuridão, uma rajada de chuva atingiu seus rostos e o lampião do vestíbulo, pendurado no braço de uma cariátide de mármore, se apagou com um *puf*. Pim, o mordomo, empurrou a pesada porta, forçando-a contra o vento com o ombro, enquanto os dois homens seguiam às apalpadelas para o clarão amarelo que marcava o local onde o tílburi os aguardava.

Um instante depois, sacolejavam a caminho.

"É longe?", perguntou Douglas Stone.

"Oh, não. Temos uma casinha tranqüila perto de Euston Road."

O cirurgião apertou o botão que acionava o carrilhão do seu relógio de bolso e ficou ouvindo o leve tilintar que informava as horas. Eram nove e quinze. Ele calculou a distância e o breve tempo necessário para realizar uma operação tão trivial. Deveria estar com Lady Sannox às dez horas. Através das janelas embaçadas, via os lampiões de gás passarem dançando, indistintos, e de vez em quando o clarão maior de uma fachada de loja. A chuva batia forte e matraqueava na cobertura de couro da carruagem, e as rodas espirravam água e lama ao passar pelas poças. Na frente dele, o turbante branco do seu companheiro de viagem lampejava fracamente através da escuridão. O cirurgião apalpou os bolsos e organizou suas agulhas, ataduras e alfinetes de segurança para que não fosse desperdiçar tempo algum quando chegassem. Impaciente, esfregava as mãos e batia os pés no chão.

O tílburi finalmente reduziu a velocidade e parou. Num instante, Douglas Stone saltou, com o mercador de Smirna nos seus calcanhares.

"Espere aqui", disse ele ao cocheiro.

Era uma casa de aparência miserável numa rua estreita e sórdida. O cirurgião, que conhecia bem a sua Londres, deu uma olhada rápida para dentro das sombras, mas não havia nada que a distinguisse — nenhuma loja, nenhum movimento, nada a não ser uma carreira dupla de casas insípidas de fachadas uniformes, uma dupla extensão de lajes molhadas que luziam à luz do lampião e uma dupla corrente de água nas sarjetas que rodopiava e gorgolejava a caminho dos bueiros. A porta diante deles era manchada e desbotada, e uma luz pálida na vidraça em forma de leque acima dela servia para destacar o pó e a fuligem que a cobriam. Acima, em uma das janelas dos quartos, havia um clarão bruxuleante de um amarelo fosco. O mercador bateu com força e, quando voltou o rosto escuro para a luz, Douglas Stone pôde ver que estava contraído de ansiedade. Um ferrolho foi puxado e uma mulher idosa segurando uma vela comprida e fina apareceu no vão da porta, protegendo a chama débil com a mão encarquilhada.

"Tudo bem?", sussurrou o mercador.

"Ela está como a deixou, senhor."

"Não falou nada?"

"Não, está em sono profundo."

O mercador fechou a porta e Douglas Stone seguiu pelo corredor estreito, olhando em volta, um pouco surpreso ao fazê-lo. Não havia oleado, não havia tapete, não havia porta-chapéus. Poeira de um cinzento escuro e pesados festões de teias de aranha encontravam seus olhos por toda parte. Subindo atrás da velha pela escada em caracol, suas passadas firmes ecoavam ásperas pela casa silenciosa. Não havia passadeira na escada.

O quarto era no segundo andar. Douglas Stone

entrou, seguindo a velha enfermeira, com o mercador logo atrás. Ali, ao menos, havia móveis — até demais. O piso estava atulhado, e pelos cantos viam-se pilhas de armários turcos, mesas marchetadas, cotas de malha, cachimbos estranhos e armas grotescas. Uma única lamparina estava presa a um suporte na parede. Douglas Stone tirou-a de lá e, andando cautelosamente por entre os trastes velhos, foi até um divã no canto, sobre o qual estava deitada uma mulher vestida à moda turca, com *yashmak* e véu. A parte inferior do rosto estava exposta, e o cirurgião viu um corte irregular em ziguezague junto à borda do lábio inferior.

"O senhor me desculpe pelo *yashmak*", disse o turco. "Sabe como vemos as mulheres no Oriente."

Mas o cirurgião não estava pensando no *yashmak*. Para ele, aquilo não era mais uma mulher. Era um caso. Ele parou e examinou cuidadosamente a ferida.

"Não há sinal de inflamação", disse ele. "Podemos adiar a operação até que se manifestem sintomas locais."

O marido torceu as mãos em incontrolável agitação.

"Oh, senhor, senhor!", exclamou ele. "Não zombe de mim. O senhor não sabe. Isto é mortífero. Eu sei, e lhe garanto que a operação é absolutamente necessária. Somente o bisturi pode salvá-la."

"No entanto, me sinto inclinado a aguardar", disse Douglas Stone.

"Já basta!", gritou o turco, irado. "Cada minuto é importante, e não posso ficar aqui olhando enquanto o senhor deixa minha mulher morrer. Só me resta agradecer-lhe por ter vindo e chamar outro cirurgião antes que seja tarde demais."

Douglas Stone hesitou. Devolver aquelas cem libras não era uma idéia muito agradável. Porém, ele obviamente teria de devolver o dinheiro se abandonasse o caso. E se o turco tivesse razão e a mulher morresse, sua posição perante o juiz poderia ser embaraçosa.

"O senhor já teve alguma experiência com esse veneno?", perguntou ele.

"Tive."

"E o senhor me assegura que a operação é necessária?"

"Juro por tudo o que me é sagrado."

"A desfiguração será terrível."

"Posso entender que a boca não ficará bonita para se beijar."

Douglas Stone voltou-se enfurecido para o homem. O que ele dissera era brutal. Mas o turco tinha seu próprio modo de falar e de pensar, e não havia tempo para discutir. Douglas Stone esboçou a incisão com o indicador. Então segurou a lamparina mais perto da cama. Dois olhos escuros olhavam para ele através da fenda no *yashmak*. Eram só íris, mal se via a pupila.

"O senhor deu a ela uma dose muito grande de ópio."

"Sim, ela tomou uma bela dose."

Ele encarou de novo os olhos escuros que fitavam os seus diretamente. Eram foscos e sem brilho, porém, enquanto ele olhava, uma pequena, vacilante centelha luziu ali, e os lábios estremeceram.

"Ela não está totalmente inconsciente", disse ele. "Não seria melhor usar o bisturi enquanto ela está insensível à dor?"

O mesmo pensamento tinha passado pela cabeça do cirurgião. Ele prendeu o lábio ferido com o fórceps e, com dois talhos rápidos, removeu um grande pedaço em forma de V. A mulher deu um pulo no divã com um pavoroso grito gorgolejante. O véu foi arrancado do seu rosto. Era um rosto que ele conhecia. A despeito daquele lábio superior proeminente e da baba sangrenta, era um rosto que ele conhecia. Ela levou a mão à ferida e continuou a gritar. Douglas Stone sentou-se ao pé do divã com seu bisturi e seu fórceps. O quarto girava e ele sentiu algo parecido com uma costura que se rompesse atrás de sua orelha. Alguém que presenciasse a cena teria dito que seu semblante era o mais lívido dos dois. Como que em sonho, ou como se estivesse olhando para alguma coisa em uma peça de teatro, ele tomou consciência de que o cabelo e a barba do turco jaziam sobre a mesa, e de que Lord Sannox, encostado à parede com a mão no flanco, ria silenciosamente. Os gritos tinham se acalmado e a assustadora cabeça caíra de volta no travesseiro, mas Douglas Stone continuou sentado, imóvel, e Lord Sannox ainda dava risadinhas silenciosas para si mesmo.

"Foi realmente necessária para Marion, essa operação", disse ele. "Não fisicamente, mas moralmente, o senhor entende, moralmente."

Douglas Stone curvou-se para a frente e começou a brincar com as franjas da colcha. Seu bisturi caiu tilintando no chão, mas ele continuou segurando o fórceps e algo mais.

"Há muito eu tencionava dar-lhe uma pequena lição", disse Lord Sannox, em tom sereno. "O seu bilhete de quarta-feira se extraviou, e estou com ele aqui na minha carteira. Deu um certo trabalho levar a cabo a minha idéia. A ferida, aliás, não foi causada por nada mais perigoso que o meu anel de sinete."

Ele deu uma olhada penetrante para o seu silente companheiro e engatilhou o pequeno revólver que trazia no bolso do casaco. Mas Douglas Stone continuava bulindo com a colcha.

"Como vê, o senhor honrou seu compromisso", disse Lord Sannox.

Foi então que Douglas Stone começou a rir. Ele riu alto, e prolongadamente. Mas dessa vez Lord Sannox não riu. Algo parecido com medo aguçou e endureceu seu semblante. Ele saiu do quarto nas pontas dos pés. A velha aguardava do lado de fora.

"Cuide da sua senhora quando ela acordar", disse Lord Sannox.

Depois saiu para a rua. O tílburi aguardava à porta, e o cocheiro levou a mão ao chapéu.

"John", disse Lord Sannox, "leve o doutor para casa primeiro. Acho que ele vai precisar de ajuda para descer as escadas. Diga ao mordomo que ele ficou doente ao atender a um caso."

"Muito bem, senhor."

"Depois pode levar Lady Sannox para casa."

"E quanto ao senhor?"

"Oh, meu endereço nos próximos meses será o Hotel di Roma, em Veneza. Apenas cuide para que as cartas sejam encaminhadas para lá. E diga a Stevens para expor todos os crisântemos roxos na próxima segunda-feira e me telegrafe para dizer como ficou."

(Tradução de Ricardo Gouveia)

O ENFERMEIRO

Machado de Assis

Parece-lhe então que o que se deu comigo em 1860, pode entrar na página de um livro? Vá que seja, com a condição única de que não há de divulgar nada antes da minha morte. Não esperará muito, pode ser que oito dias, se não for menos; estou desenganado.

Olhe, eu podia mesmo contar-lhe a minha vida inteira, em que há outras coisas interessantes, mas para isso era preciso tempo, ânimo e papel, e eu só tenho papel: o ânimo é frouxo, e o tempo assemelha-se à lamparina de madrugada. Não tarda o sol do outro dia, um sol dos diabos, impenetrável como a vida. Adeus, meu caro senhor, leia isto e queira-me bem; perdoe-me o que lhe parecer mau, e não maltrate muito a arruda, se lhe não cheira a rosas. Pediu-me um documento humano, ei-lo aqui. Não me peça também o império do Grão-Mogol, nem a fotografia dos Macabeus; peça, porém, os meus sapatos de defunto e não os dou a ninguém mais.

Já sabe que foi em 1860. No ano anterior, ali pelo mês de agosto, tendo eu quarenta e dois anos, fiz-me teólogo, — quero dizer, copiava os estudos de teologia de um padre de Niterói, antigo companheiro de colégio, que assim me dava, delicadamente, casa, cama e mesa. Naquele mês de agosto de 1859, recebeu ele uma carta de um vigário de certa vila do interior, perguntando se conhecia pessoa entendida, discreta e paciente, que quisesse ir servir de enfermeiro ao coronel Felisberto, mediante um bom ordenado. O padre falou-me, aceitei com ambas as mãos, estava já enfarado de copiar citações latinas e fórmulas eclesiásticas. Vim à Corte despedir-me de um irmão, e segui para a vila.

Chegando à vila, tive más notícias do coronel. Era homem insuportável, estúrdio, exigente, ninguém o aturava, nem os próprios amigos. Gastava mais enfermeiros que remédios. A dois deles quebrou a cara. Respondi que não tinha medo de gente sã, menos ainda de doentes; e depois de entender-me com o vigário, que me confirmou as notícias recebidas, e me recomendou mansidão e caridade, segui para a residência do coronel.

Achei-o na varanda da casa estirado numa cadeira, bufando muito. Não me recebeu mal. Começou por não dizer nada; pôs em mim dois olhos de gato que observa; depois, uma espécie de riso maligno alumiou-lhe as feições, que eram duras. Afinal, disse-me que nenhum dos enfermeiros que tivera, prestava para nada, dormiam muito, eram respondões e andavam ao faro das escravas; dois eram até gatunos!

"Você é gatuno?"

"Não, senhor."

Em seguida, perguntou-me pelo nome: disse-lho e ele fez um gesto de espanto. Colombo? Não, senhor: Procópio José Gomes Valongo. Valongo? Achou que não era nome de gente, e propôs chamar-me tão-somente Procópio, ao que respondi que estaria pelo que fosse de seu agrado. Conto-lhe esta particularidade, não só porque me parece pintá-lo bem, como porque a minha resposta deu de mim a melhor idéia ao coronel. Ele mesmo o declarou ao vigário, acrescentando que eu era o mais simpático dos enfermeiros que tivera. A verdade é que vivemos uma lua-de-mel de sete dias.

No oitavo dia, entrei na vida dos meus predecessores, uma vida de cão, não dormir, não pensar em mais nada, recolher injúrias, e, às vezes, rir delas, com um ar de resignação e conformidade; reparei que era um modo de lhe fazer corte. Tudo impertinências da moléstia e do temperamento. A moléstia era um rosário delas, padecia de aneurisma, de reumatismo e de três ou quatro afecções menores. Tinha perto de sessenta anos, e desde os cinco toda a gente lhe fazia a vontade. Se fosse só rabugento, vá; mas ele era também mau, deleitava-se com a dor e a humilhação dos outros. No fim de três meses estava farto de o aturar; determinei vir embora; só esperei ocasião.

Não tardou a ocasião. Um dia, como lhe não desse a tempo uma fomentação, pegou da bengala e atirou-me dois ou três golpes. Não era preciso mais; despedi-me imediatamente, e fui aprontar a mala. Ele foi ter comigo, ao quarto, pediu-me que ficasse, que não valia a pena zangar por uma rabugice de velho. Instou tanto que fiquei.

"Estou na dependura, Procópio", dizia-me ele à noite; "não posso viver muito tempo. Estou aqui, estou na cova. Você há de ir ao meu enterro, Procópio; não o dispenso por nada. Há de ir, há de rezar ao pé da minha sepultura. Se não for", acrescentou rindo, "eu voltarei de noite para lhe puxar as pernas. Você crê em almas de outro mundo, Procópio?"

"Qual o quê!"

"E por que é que não há de crer, *seu* burro?", redargüiu vivamente, arregalando os olhos.

Eram assim as pazes; imagine a guerra. Coibiu-se das bengaladas; mas as injúrias ficaram as mesmas, se não piores. Eu, com o tempo, fui calejando, e não dava mais por nada; era burro, camelo, pedaço d'asno, idiota, moleirão, era tudo. Nem, ao menos, havia mais gente que recolhesse uma parte desses nomes. Não tinha parentes; tinha um sobrinho que morreu tísico, em fins de maio ou princípios de junho, em Minas. Os amigos iam por lá às vezes aprová-lo, aplaudi-lo, e nada mais; cinco, dez minutos de visita. Restava eu; era eu sozinho para um dicionário inteiro. Mais de uma vez resolvi sair; mas, instado pelo vigário, ia ficando.

Não só as relações foram-se tornando melindrosas, mas eu estava ansioso por tornar à corte. Aos quarenta e dois anos não é que havia de acostumar-me à reclusão constante, ao pé de um doente bravio, no interior. Para avaliar o meu isolamento, basta saber que eu nem lia os jornais; salvo alguma notícia mais importante que levavam ao coronel, eu nada sabia do resto do mundo. Entendi, portanto, voltar para a corte, na primeira ocasião, ainda que tivesse de brigar com o vigário. Bom é dizer (visto que faço uma confissão geral) que, nada gastando e tendo guardado integralmente os ordenados, estava ansioso por vir dissipá-los aqui.

Era provável que a ocasião aparecesse. O coronel estava pior, fez testamento, descompondo o tabelião, quase tanto como a mim. O trato era mais duro, os breves lapsos de sossego e brandura faziam-se raros. Já por esse tempo tinha eu perdido a escassa dose de piedade que me fazia esquecer os excessos do doente; trazia dentro de mim um fermento de ódio e aversão. No princípio de agosto resolvi definitivamente sair; o vigário e o médico, aceitando as razões, pediram-me que ficasse algum tempo mais. Concedi-lhes um mês; no fim de um mês viria embora, qualquer que fosse o estado do doente. O vigário tratou de procurar-me substituto.

Vai ver o que aconteceu. Na noite de 24 de agosto, o coronel teve um acesso de raiva, atropelou-me, disse-me muito nome cru, ameaçou-me de um tiro, e acabou atirando-me um prato de mingau, que achou frio; o prato foi cair na parede, onde se fez em pedaços.

"Hás de pagá-lo, ladrão!", bradou ele.

Resmungou ainda muito tempo. Às onze horas passou pelo sono. Enquanto ele dormia, saquei um livro do bolso, um velho romance de d'Arlincourt, traduzido, que lá achei, e pus-me a lê-lo, no mesmo quarto, a pequena distância da cama; tinha de acordá-lo à meia-noite para lhe dar o remédio. Ou fosse de cansaço, ou do livro, antes de chegar ao fim da segunda página adormeci também. Acordei aos gritos do coronel, e levantei-me estremunhado. Ele, que parecia delirar, continou nos mesmos gritos, e acabou por lançar mão da moringa e arremessá-la contra mim. Não tive tempo de desviar-me; a moringa bateu-me na face esquerda, e tal foi a dor que não vi mais nada; atirei-me ao doente, pus-lhe as mãos ao pescoço, lutamos e esganei-o.

Quando percebi que o doente expirava, recuei aterrado, e dei um grito; mas ninguém me ouviu. Voltei à cama, agitei-o para chamá-lo à vida, era tarde; arrebentara o aneurisma, e o coronel morreu. Passei à sala contígua, e durante duas horas não ousei voltar ao quarto. Não posso mesmo dizer tudo o que passei, durante esse tempo. Era um atordoamento, um delírio vago e estúpido. Parecia-me que as paredes tinham vultos; escutava umas vozes surdas. Os gritos da vítima, antes da luta e durante a luta, continuavam a repercutir dentro de mim, e o ar, para onde quer que me voltasse, aparecia recortado de convulsões. Não creia que esteja fazendo imagens nem estilo; digo-lhe que eu ouvia distintamente umas vozes que me bradavam: "Assassino! Assassino!".

Tudo o mais estava calado. O mesmo som do relógio, lento, igual e seco, sublinhava o silêncio e a solidão. Colava a orelha à porta do quarto na esperança de ouvir um gemido, uma palavra, uma injúria, qualquer coisa que significasse a vida, e me restituísse a paz à consciência. Estaria pronto a apanhar das mãos do coronel, dez, vinte, cem vezes. Mas nada, nada; tudo calado. Voltava a andar à toa, na sala, sentava-me, punha as mãos na cabeça; arrependia-me de ter vindo. "Maldita a hora em que aceitei semelhante coisa!", exclamava. E descompuha o padre de Niterói, o médico, o vigário, os que me arranjaram o lugar, e os que me pediram para ficar mais algum tempo. Agarrava-me à cumplicidade dos outros homens.

Como o silêncio acabasse por aterrar-me, abri uma das janelas, para escutar o som do vento, se ventasse. Não ventava. A noite ia tranqüila, as estrelas fulguravam, com a indeferença de pessoas que tiram o chapéu a um enterro que passa, e continuam a falar de outra coisa. Encostei-me ali por algum tempo, fitando a noite, deixando-me ir a uma recapitulação da vida, a ver se descansava da dor presente. Só então posso dizer que pensei claramente no castigo. Achei-me com um crime às costas e vi a punição certa. Aqui o temor complicou o remorso. Senti que os cabelos me ficavam de pé. Minutos depois, vi três ou quatro vultos de pessoas, no terreiro, espiando, com um ar de emboscada; recuei, os vultos esvaíram-se no ar; era uma alucinação.

Antes do alvorecer curei a contusão da face. Só então ousei voltar ao quarto. Recuei duas vezes, mas era preciso e entrei; ainda assim, não cheguei logo à cama. Tremiam-me as pernas, o coração batia-me; cheguei a pensar na fuga; mas era confessar o crime, e, ao contrário, urgia fazer desaparecer os vestígios dele. Fui até à cama; vi o cadáver, com os olhos arregalados e a boca aberta, como deixando passar a eterna palavra dos séculos: "Caim, que fizeste de teu irmão?". Vi no pescoço o sinal das minhas unhas; abotoei alto a camisa e cheguei ao queixo a ponta do lençol. Em seguida, chamei um escravo, disse-lhe que o coronel amanhecera morto; mandei recado ao vigário e ao médico.

A primeira idéia foi retirar-me logo cedo, a pretexto de ter meu irmão doente, e, na verdade, recebera carta dele, alguns dias antes, dizendo-me que se sentia mal. Mas adverti que a retirada imediata poderia fazer despertar suspeitas, e fiquei. Eu mesmo amortalhei o cadáver, com o auxílio de um preto velho e míope. Não saí da sala mortuária; tinha medo de que descobrissem alguma coisa. Queria ver no rosto dos outros se desconfiavam; mas não ousava fitar ninguém. Tudo me dava impaciências: os passos de ladrão com que entravam na sala, os cochichos, as cerimônias e as rezas do vigário. Vindo a hora, fechei o caixão, com as mãos trêmulas, tão trêmulas que uma pessoa, que reparou nelas, disse a outra com piedade:

"Coitado do Procópio! Apesar do que padeceu, está muito sentido."

Pareceu-me ironia; estava ansioso por ver tudo acabado. Saímos à rua. A passagem da meia escuridão da casa para a claridade da rua deu-me grande abalo; receei que fosse então impossível ocultar o crime. Meti os olhos no chão, e fui andando. Quando tudo acabou, respirei. Estava em paz com os homens. Não o estava com a consciência, e as primeiras noites foram naturalmente de desassossego e aflição. Não é preciso dizer que vim logo para o Rio de Janeiro, nem que vivi aqui aterrado, embora longe do crime; não ria, falava pouco, mal comia, tinha alucinações, pesadelos...

"Deixa lá o outro que morreu", diziam-me. "Não é caso para tanta melancolia."

E eu aproveitava a ilusão, fazendo muitos elogios ao morto, chamando-lhe boa criatura, impertinente, é verdade, mas um coração de ouro. E, elogiando, convencia-me também, ao menos por alguns instantes. Outro fenômeno interessante, e que talvez lhe possa aproveitar, é que, não sendo religioso, mandei dizer uma missa pelo eterno descanso do coronel, na igreja do Sacramento. Não fiz convites, não disse nada a ninguém; fui ouvi-la, sozinho, e estive de joelhos todo o tempo, persignando-me a miúdo. Dobrei a espórtula do padre, e distribuí esmolas à porta, tudo por intenção do finado. Não queria embair os homens; a prova é que fui só. Para completar este ponto, acrescentarei que nunca aludia ao coronel, que não dissesse: "Deus lhe fale n'alma!". E contava dele algumas anedotas alegres, rompantes engraçados...

Sete dias depois de chegar ao Rio de Janeiro, recebi a carta do vigário, que lhe mostrei, dizendo-me que fora achado o testamento do coronel, e que eu era o herdeiro universal. Imagine o meu pasmo. Pareceu-me que lia mal, fui a meu irmão, fui aos amigos; todos leram a mesma coisa. Estava escrito; era eu o herdeiro universal do coronel. Cheguei a supor que fosse uma cilada; mas adverti logo que havia outros meios de capturar-me, se o crime estivesse descoberto. Demais, eu conhecia a probidade do vigário, que não se prestaria a ser instrumento. Reli a carta, cinco, dez, muitas vezes; lá estava a notícia.

"Quanto tinha ele?", perguntava-me meu irmão.

"Não sei, mas era rico."

"Realmente, provou que era teu amigo."

"Era... Era..."

Assim, por uma ironia da sorte, os bens do coronel vinham parar às minhas mãos. Cogitei em recusar a herança. Parecia-me odioso receber um vintém do tal espólio; era pior do que fazer-me esbirro alugado.

Pensei nisso três dias, e esbarrava sempre na consideração de que a recusa podia fazer desconfiar alguma coisa. No fim dos três dias, assentei num meio-termo; receberia a herança e dá-la-ia toda, aos bocados e às escondidas. Não era só escrúpulo; era também o modo de resgatar o crime por um ato de virtude; pareceu-me que ficava assim de contas saldas.

Preparei-me e segui para a vila. Em caminho, à proporção que me ia aproximando, recordava o triste sucesso; as cercanias da vila tinham um aspecto de tragédia, e a sombra do coronel parecia-me surgir de cada lado. A imaginação ia reproduzindo as palavras, os gestos, toda a noite horrenda do crime...

Crime ou luta? Realmente, foi uma luta em que eu, atacado, defendi-me, e na defesa... Foi uma luta desgraçada, uma fatalidade. Fixei-me nessa idéia. E balanceava os agravos, punha no ativo as pancadas, as injúrias... Não era culpa do coronel, bem o sabia, era da moléstia, que o tornava assim rabugento e até mau... Mas eu perdoava tudo, tudo... O pior foi a fatalidade daquela noite... Considerei também que o coronel não podia viver muito mais; estava por pouco; ele mesmo o sentia e dizia. Viveria quanto? Duas semanas, ou uma; pode ser até que menos. Já não era vida, era um molambo de vida, se isto mesmo se podia chamar ao padecer contínuo do pobre homem... E quem sabe mesmo se a luta e a morte não foram apenas coincidentes? Podia ser, era até o mais provável; não foi outra coisa. Fixei-me também nessa idéia...

Perto da vila apertou-me o coração, e quis recuar; mas dominei-me e fui. Receberam-me com parabéns.

O vigário disse-me as disposições do testamento, os legados pios, e de caminho ia louvando a mansidão cristã e o zelo com que eu servira ao coronel, que, apesar de áspero e duro, soube ser grato.

"Sem dúvida", dizia eu, olhando para outra parte.

Estava atordoado. Toda a gente me elogiava a dedicação e a paciência. As primeiras necessidades do inventário detiveram-me algum tempo na vila. Constituí advogado; as coisas correram placidamente. Durante esse tempo, falava muita vez do coronel. Vinham contar-me coisas dele, mas sem a moderação do padre; eu defendia-o, apontava algumas virtudes, era austero...

"Qual austero! Já morreu, acabou; mas era o diabo."

E referiam-me casos duros, ações perversas, algumas extraordinárias. Quer que lhe diga? Eu, a princípio, ia ouvindo cheio de curiosidade; depois, entrou-me no coração um singular prazer, que eu, sinceramente, buscava expelir. E defendia o coronel, explicava-o, atribuía alguma coisa às rivalidades locais; confessava, sim, que era um pouco violento... Um pouco? Era uma cobra assanhada, interrompia-me o barbeiro; e todos, o coletor, o boticário, o escrivão, todos diziam a mesma coisa; e vinham outras anedotas, vinha toda a vida do defunto. Os velhos lembravam-se das crueldades dele, em menino. E o prazer íntimo, calado, insidioso, crescia dentro de mim, espécie de tênia moral, que por mais que a arrancasse aos pedaços, recompunha-se logo e ia ficando.

As obrigações de inventário distraíram-me; e por outro lado a opinião da vila era tão contrária ao coronel, que a vista dos lugares foi perdendo para mim a feição tenebrosa que a princípio achei neles. Entrando na posse da herança, converti-a em títulos e dinheiro. Eram então passados muitos meses, e a idéia de distribuí-la toda em esmolas e donativos pios não me dominou como da primeira vez; achei mesmo que era afetação. Restringi o plano primitivo: distribuí alguma coisa aos pobres, dei à matriz da vila uns paramentos novos, fiz uma esmola à Santa Casa de Misericórdia, etc.: ao todo trinta e dois contos. Mandei também levantar um túmulo ao coronel, todo de mármore, obra de um napolitano, que aqui esteve até 1866, e foi morrer, creio eu, no Paraguai.

Os anos foram andando, a memória tornou-se cinzenta e desmaiada. Penso às vezes no coronel, mas sem os terrores dos primeiros dias. Todos os médicos a quem contei as moléstias dele, foram acordes em que a morte era certa, e só se admiravam de ter resistido tanto tempo. Pode ser que eu, involuntariamente, exagerasse a descrição que então lhes fiz; mas a verdade é que ele devia morrer, ainda que não fosse aquela fatalidade...

Adeus, meu caro senhor. Se achar que esses apontamentos valem alguma coisa, pague-me também com um túmulo de mármore, ao qual dará por epitáfio esta emenda que faço aqui ao divino sermão da montanha: "Bem-aventurados os que possuem, porque eles serão consolados".

SOBRE OS AUTORES, ORGANIZADORES E TRADUTORES

Ana Miranda nasceu em Fortaleza, no Ceará. Morou lá até os quatro anos de idade. Em seguida viveu no Rio, depois em Brasília, depois de novo no Rio quase toda a vida e agora está em São Paulo. Sempre gostou de ler, desde criança gostava mais de ler do que de brincar, lendo fugia do seu mundo e gostava de fugir do seu mundo porque ele era complicado demais. Tinha muita imaginação, gostava de inventar histórias, e isso já era uma aptidão para ser escritora.

Aos vinte e sete anos, publicou seu primeiro livro, de poesias. Mais tarde, escrevendo a partir de um sonho, criou *Boca do Inferno*, um romance passado no século XVII, que foi traduzido e publicado em outros países. Além desse grande sucesso, publicou *O retrato do rei*, *A última quimera*, *Desmundo*, *Amrik*, *Dias & Dias*. Participou da antologia *De primeira viagem*, com um conto delicado sobre o primeiro amor, elogiado tanto pela crítica como pelos leitores.

Drauzio Varella nasceu em São Paulo em 1943. Formado em medicina pela USP, trabalhou durante vinte anos no Hospital do Câncer. Foi médico voluntário na Casa de Detenção de São Paulo (Carandiru) por treze anos. Publicou *Estação Carandiru* (Companhia das Letras, 1999), que ganhou dois prêmios Jabuti: Não-Ficção e Livro do

Ano. Pela Companhia das Letrinhas, lançou os infantis *Nas ruas do Brás* (2000; Prêmio Novos Horizontes, da Bienal de Bolonha, e Revelação Infantil, da Bienal do Rio de Janeiro) e *De braços para o alto* (2002). É autor ainda de *Macacos* (Publifolha, 2000).

Moacyr Scliar nasceu em Porto Alegre, em 1937. É autor de 62 livros em vários gêneros: romance, conto, crônica e ficção juvenil. Seus livros estão publicados em cerca de dezoito países. Por eles, recebeu numerosos prêmios literários. Em 2003 tornou-se membro da Academia Brasileira de Letras. Teve textos adaptados para cinema, teatro e TV. É colunista dos jornais *Zero Hora*, de Porto Alegre, e *Folha de S.Paulo*. Viaja muito pelo país e pelo exterior fazendo palestras sobre sua obra. É médico, especialista em saúde pública. Considera que no início era muito difícil conciliar as duas atividades, mas o fazia com grande prazer. Seu trabalho foi fonte de inspiração para muitos livros. Entre seus títulos mais importantes estão: *A mulher que escreveu a Bíblia*, *A Majestade do Xingu*, *Contos reunidos*, *O irmão que veio de longe* — todos publicados pela Companhia das Letras, bem como o divertido conto incluído em *De primeira viagem*, sobre a juventude atribulada de um garoto cujo pai vivia de golpes e trambiques.

Paulo Vicente Bloise é mestre em psiquiatria pela Unifesp, onde coordena o Ambulatório de Crise, e analista junguiano filiado à Sociedade Brasileira de Psicologia Analítica. Consultor da série *Mano descobre...* (Ática), escrita por Gilberto Dimenstein e Heloisa Prieto, participou da edição do livro *Diário da rua* (Salamandra), de Esmeralda Ortiz. Ex-cronista do *Jornal da Tarde*, é autor de *O tao e a psicologia* (Angra) e da coletânea de crônicas *De olho na rua* (Dimensão). Participou da antologia *Do conto à crônica* (Salamandra), selecionada para distribuição na rede de escolas públicas pelo PNBE. Integra a antologia *De primeira viagem* (Companhia das Letras), incluída no programa PNLD, de incentivo à literatura, com o conto "Teste vocacional", que fala de sua opção pela psiquiatria.

Heloisa Prieto é doutoranda na USP, onde pesquisa o processo de criação literária, sob orientação do analista e professor doutor Philippe Willemart. Mestre em semiótica pela PUC-SP, é autora de diversas obras de literatura infanto-juvenil, entre elas, *Lá vem história*, *Divinas aventuras*, *Mata*, *Terra*, *1001 fantasmas* e *O jogo da parlenda* (todos pela Companhia das Letrinhas). Ganhadora dos prêmios Jabuti (coordenação editorial de coleção infanto-juvenil), União Brasileira dos Escritores (melhor livro de folclore), Fundação Nacional do Livro (leitura Altamente Recomendável para Crianças), iniciou a carreira como professora da Escola da Vila, em São Paulo, onde contava histórias para crianças, conforme relata o conto que compõe a antologia *De primeira viagem*.

Ricardo Gouveia nasceu em São Paulo, em janeiro de 1942. É escritor, jornalista e tradutor. Desde a infância se dedica à area de comunicação e a atividades afins. É autor de mais de trezentos roteiros de televisão e rádio, levados ao ar por diversas emissoras, e também de diversas peças de teatro, em sua maioria para crianças, quatro delas premiadas pelo Juizado de Menores do Estado de São Paulo. Publicou dezessete obras de literatura infanto-juvenil, entre elas *A ordem dos futuros* (Moderna, prêmio APCA 1993) e *Um conto sem fadas — O Golem do litoral norte* (Moderna, prêmio Adolfo Aizen da União Brasileira dos Escritores, 1994). Traduziu mais de uma centena de obras para editoras diversas e é leitor apaixonado de ficção científica.

Sir Arthur Conan Doyle nasceu em 22 de maio de 1859, em Edimburgo, capital da Escócia. Formou-se médico na Universidade de Edimburgo, onde um de seus professores, dr. Joseph Bell, inspirou seu mais famoso personagem, Sherlock Homes, por sua incrível capacidade dedutiva. Sua primeira história foi publicada em 1879 sob pseudônimo e se chamava *O mistério de Sassassa Valley*. Doyle acabou abandonando a carreira de médico e se tornou um famoso escritor, sobretudo pelas suas histórias de detetive, que, curiosamente, considerava piores que o resto de sua obra. Tentou acabar com seu famoso personagem em 1893, com a história intitulada *O problema final*, mas a decisão gerou revolta geral nos leitores, que o obrigaram a continuar criando novos mistérios para serem solucionados por Sherlock Holmes. O escritor recebeu o título de Nobreza do Império Britânico em 1902. Faleceu em 7 de Julho de 1930, abatido por um ataque cardíaco que sofrera meses antes.

Tatiana Belinky nasceu em São Petersburgo, na Rússia, em 1919. Aos dez anos, migrou com a família para São Paulo, cidade que escolheu para viver pelo resto da vida. Em 1940, casou-se com o médico e educador Júlio Gouveia, com quem teve dois filhos. Os dois trabalharam juntos adaptando obras infantis (como o *Sítio do Pica-Pau Amarelo*, de Monteiro Lobato) e clássicas para a TV. Poeta, tradutora e dramaturga, consagrou-se principalmente por sua obra para crianças. Seu primeiro livro infantil é *A operação do tio Onofre* (Ática, 1985). Desde então, ela não parou de escrever: sua obra já mereceu inúmeros prêmios e homenagens e inclui mais de cem títulos, entre os quais *Um caldeirão de poemas* (2003) e as adaptações *A saga de Siegfried — O tesouro dos Nibelungos* (1993), *Sete contos russos* (1995), *Raineke-Raposo* (1998), todos publicados pela Companhia das Letrinhas.

Machado de Assis nasceu em 21 de junho de 1839. Freqüentou apenas a escola primária e precisou se sustentar desde cedo. Foi um dos fundadores da Academia Brasileira de Letras. Lançou seu primeiro título aos 25 anos, *Crisálidas*, livro de poemas que o tornou conhecido entre muitos dos intelectuais da época. Casou-se em 1869 com Carolina Augusta Xavier de Novais, com quem viveu até 1904, ano em que ela faleceu. Teve uma carreira burocrática bem-sucedida: em 1873 foi primeiro-oficial da Secretaria do Estado, em 1881 foi oficial de gabinete do ministro Pedro Luiz, em 1888 recebeu a comenda da Ordem da Rosa, em 1889 foi nomeado diretor-geral da Viação e em 1898 foi diretor da Secretaria da Indústria, ligada ao Ministério da

Viação. Suas obras mais famosas são *Memórias póstumas de Brás Cubas*, *Dom Casmurro* e *Quincas Borba*. Morreu em 1908 em um ambiente completamente diferente daquele em que foi concebido: Machado de Assis nasceu na periferia, mas atingiu cargos importantes na sociedade e reconhecimento como um dos maiores escritores brasileiros.

William Carlos Williams nasceu em Rutherford, Nova Jersey, em 1883. Foi estudante de medicina na universidade da Pensilvânia, onde se tornou amigo de escritores como Ezra Pound e Hilda Doolittle (que ficaria conhecida como H.D.). Decidiu atuar nas duas carreiras ao mesmo tempo, na de escritor e na de médico, mesmo depois de ter terminado sua pós-graduação na Alemanha. Praticou medicina até se aposentar. Sua poesia tinha a intenção de reproduzir a fala do americano comum num contexto típico de cidade pequena, em circunstâncias cotidianas. Seus livros mais importantes são *Kora in Hell*, *Spring and All*, *Pictures from Brueghel and Other Poems*, *Imaginations* e o épico de cinco volumes *Paterson*. Nos contos, captura momentos marcantes, conferindo profunda humanidade à figura do médico e de seus pacientes. Sua saúde deteriorou-se com um ataque cardíaco sofrido em 1948, seguido por uma série de derrames, mas ele continuou a escrever até 1963, ano de sua morte.

Anton Tchekhov (1860-1906) nasceu em Taganrog, na Ucrânia, que integrava então a Rússia czarista. Médico de profissão, iniciou carreira como escritor em 1880, publicando ensaios literários. Seus contos e novelas se tornaram famosos, assim como suas peças, entre as quais se destacam *As três irmãs*, *Ivanov*, *Tio Vania* e *A cerejeira*. Essas peças recriaram o ambiente no qual se fundou o teatro de arte de Moscou. Tchekhov é criador de um estilo literário que influenciaria inúmeros escritores do mundo todo. A concisão e a fluência, a forma e o conteúdo de sua obra são de valor inestimável e fazem dele um dos mais importantes contistas da história.

ESTA OBRA FOI COMPOSTA PELO ACQUA ESTÚDIO EM MRS EAVES E FOI IMPRESSA PELA PROL EDITORA GRÁFICA EM OFSETE SOBRE PAPEL PÓLEN BOLD DA SUZANO BAHIA SUL PARA A EDITORA SCHWARCZ EM MAIO DE 2005